タタール人少女の手記

もう戻るまいと決めた旅なのに

Путешествие в обратно я бы запретил...
Памяти моего послевоенного детства

私の戦後ソビエト時代の真実

ザイトゥナ・アレットクーロヴァ
Зайтуна Ареткулова

広瀬信雄＝訳

明石書店

Ареткулова Зайтуна Биктимировна

Путешествие в обратно я бы запретил...
Памяти моего послевоенного детства

日本のみなさまへ

私は運がよかったのです。幸せな子ども時代が始まりましたから。実際それは、戦後けっして良いとは言えない年月のことでした。私と同年代の日本の方々も、どのようであったかは多分御存知でしょう。でも戦後混乱期のそのような苦しみのすべてに少し触れた程度で私は済みました。触れた程度というのは、何と言いましょうか、私には守護天使がいてくれたからです。それは私の祖父と祖母です。実の父母は離婚して別々に暮らしていましたので、祖父母は私にとって母や父よりもずっと大きな存在でした。文字通り私は祖父母の愛の光で温められ、心を溶かしてもらいました。その祖父母も実は過酷な運命に遭遇してきたのです。二つの世界大戦と内戦、この三つとも祖父は初めから終わりまで参戦しました。さらに戦後の飢餓と一九二〇年代初めの荒廃です。しかしこれらすべてのことは、他人の苦悩に向き合い他人の幸せを喜ぶ二人の思いやりや能力をつぶしてしまうことはできませんでした。スターリンの独裁政権の時代にも、祖父によい暮らしはありませんでした。実は、祖父はちょっとした役職の長でしたので、部下の人々は彼に従っていました。しかし祖父の持前の指揮ぶりが自分自身を追いつめ、自分の配下にある者との人間関係を保つことが苦になってしまったのです。でも何とか祖父はうまくやっていました。それからもう一つ、彼は馬をとても愛していましたし、馬をとてもかわいがっていました。馬への愛が生まれたのはすでに内戦の頃からでした。当時彼は全ロシア近衛騎兵本部に所属し、軍用馬を買い付ける責任ある立場にありました。あの威勢のよい近衛騎兵の体つきを祖父は長年にわたって保ち続けました。彼のように美しく馬に乗り疾駆できるのは他に誰もいなかった、と同郷の村の女性が言っていたということです。

私の子ども時代は大体半々で二つの地に分かれます。すなわちウラル山麓のバシキールの小村で九歳まで、そして九歳から一八歳までは、タシケントの中心から三〇キロメートルの所にある小さな町ヤンギユーリですが、それは地図ではすぐに見つけられないような所です。どうしてそこに行くことになったのかは特別な物語なのですが、それは本文中に書かれています。でもいざそこに行ってみたら、まるで別世界に来て、夢を見ているようでした。始まりのタシケントは、大勢の人々の喧噪と、班の《じゅうたんのような》色彩と、せわしない、いろいろな声が混じり合った話し声でした。それから、道は果てしなく続く綿花畑の真ん中を走り、街道の両側には植えられたポプラが天まで届きそうなピラミッドを築いていました。こうして私にとって新生活が始まったのです。

暑い南の太陽の下、私は成長し大人になっていきましたが、祖父母は知らないうちに年老いていきました。年とともに二人には高齢者らしさが目立つようになりましたが、私はますます二人に強い絆を感じるようになっていきました。ウズベキスタンに移ってからは、祖父はだんだん仕事をしなくなり、おそらく仕事がなくて機嫌が悪かったのでしょう、家族ぐるみで親しくしていた隣人をことあるごとにテーブルに集めて話をしていました。

私の学校生活も後一年を切ったので進路を考えました。私は医科大学に入るつもりだったのですが、タシケントでは《自国の学生》つまりウズベキスタン人の、農村、僻地出身者を優先して受入れていました。そこで私はバシキーリヤに進学先を決めました。年老いた祖父母を残したまま行くのは忍びなく、胸が痛みました。私にはわかっていました。二人が自分たちだけでは何もできなくなり、他人を信じやすくなっているのが……。つまりかなり危険なことになりかねません。でも若さゆえのエゴイズムが勝り私は出発しました。その一年後、祖父は脳卒中で倒れたのです。実際には急速に回復したのですが、二人だけで残しておくのはもはや危険でした。そこで私の叔母がヤンギューリまで出向き、自分で二人をバシキーリヤまで連れて帰ってきました。古参のボルシェヴィキであった祖父に市ソビエトが与えていた家は交換、と決まりました。その家には便利な設備はなく、排水路も、給湯管もありません。散水用の冷たい水だけが使えました。それでも、その家が欲しいという人たちが見つかりました。しかしながら、そうはいかなくなってしまいました。遠い親戚筋の女性が一時的にそこに住み出し、彼女は山師であったわけですが、賄賂を使ってうまく自分のものにしてしまったのです。裁判が必要でしたが、高齢の祖父母にはもう無理でした。私の祖父が自分の晩年を全うすることになった住居のありさまを思い出すと胸が痛みます。彼は本当にソビエト政権に全力を捧げ、一度たりとも自分個人のものを求めたことはありませんでした。一体どうしてなのか、いつになったら肝心なことをしてくれるのか、政権は祖父を保護するために立ち上がってはくれないのか？

これらのことに答えてくれるのは誰なのでしょうか？

私自身が今の年齢になってみて、ますます祖父母のことを思い出すことが多くなりました。すると私の心は晴ればれとします。なぜなら祖父母の二人は晴ればれとした人間だったからです。そして私はこう考えます。どうかこの本を読んでみなさんも同じような気持ちになってほしいと。私たちの人生において本当に大切なのは自分の死後にどんな記憶を残せるか、ということです。そして私たちがいなくなった後、人間らしい真心の道にどのような足跡を残したか、ということです。

二〇二一年六月

ザイトゥナ・アレットクーロヴァ

登場人物

ザイトゥナ……………………………（私）＝著者（ゾーヤ　ロシア名）
故ザイトゥナ・アリバエヴァ……一九四二年行途不明（著者の伯母）
ナルキザ・アパ…………………（著者の叔母、アーニャ）
ローザ・シャフィエヴァ………著者の実母、離婚―再婚
ラフマトゥッラ・アリバエフ……祖父（育ての父）
ハティマ・アリバエヴァ………祖母（育ての母）
サニア…………………………祖母の母＝曾祖母
ハディチャ……………………祖父の妹＝大叔母

ライス…………………………ナルキザの夫
ジーリャ………………………ライスの妹（養子）
トゥルグン……………………ジーリャの前夫
サティラ………………………タシケントの知人
ムスタフォイ…………………サティラの夫

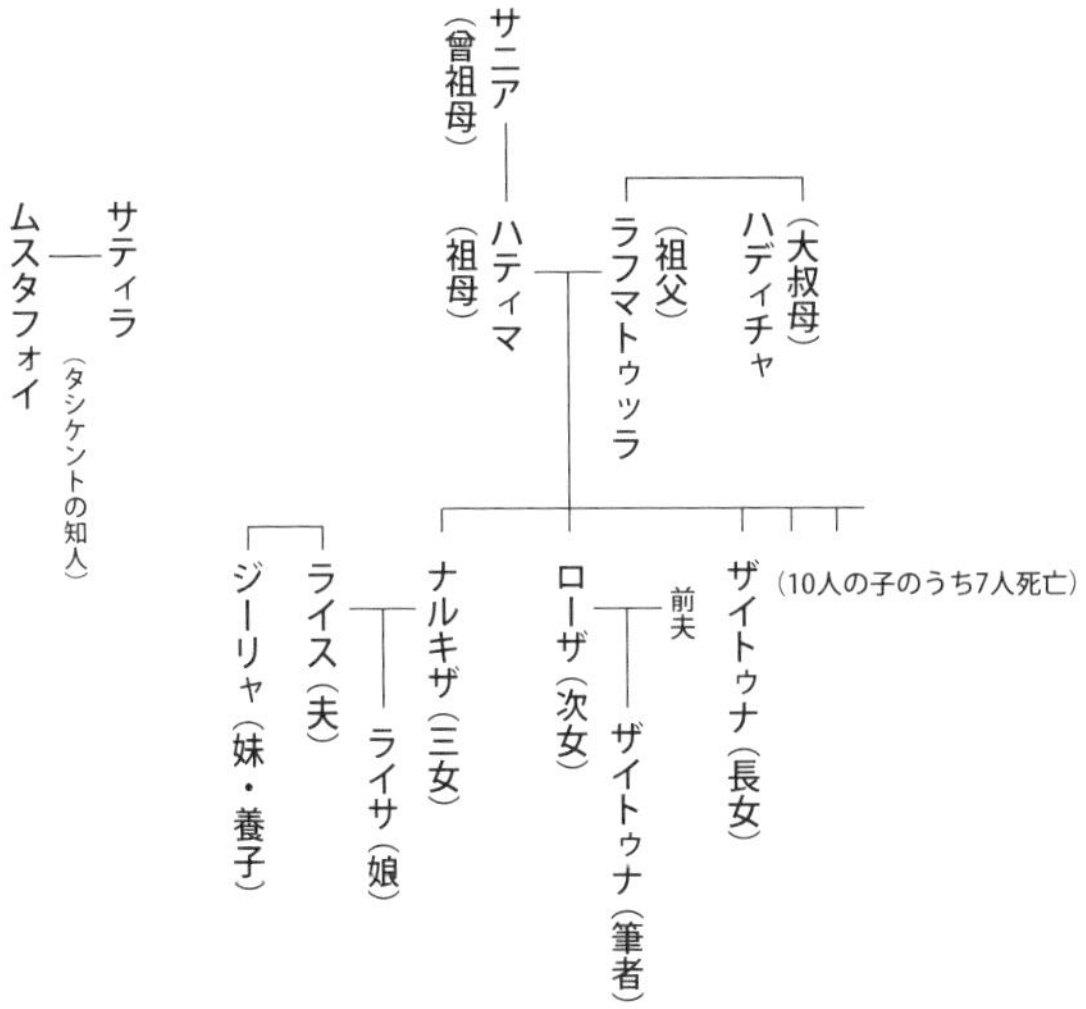

サニア（曾祖母）
ハティマ（祖母）
ハディチャ（大叔母）
ラフマトゥッラ（祖父）
（10人の子のうち7人死亡）
ザイトゥナ（長女）
前夫
ローザ（次女）
ザイトゥナ（筆者）
ナルキザ（三女）
ライス（夫）
ライサ（娘）
ジーリャ（妹・養子）
サティラ
ムスタフォイ
（タシケントの知人）

本書に記述されている当時のソビエト連邦共和国

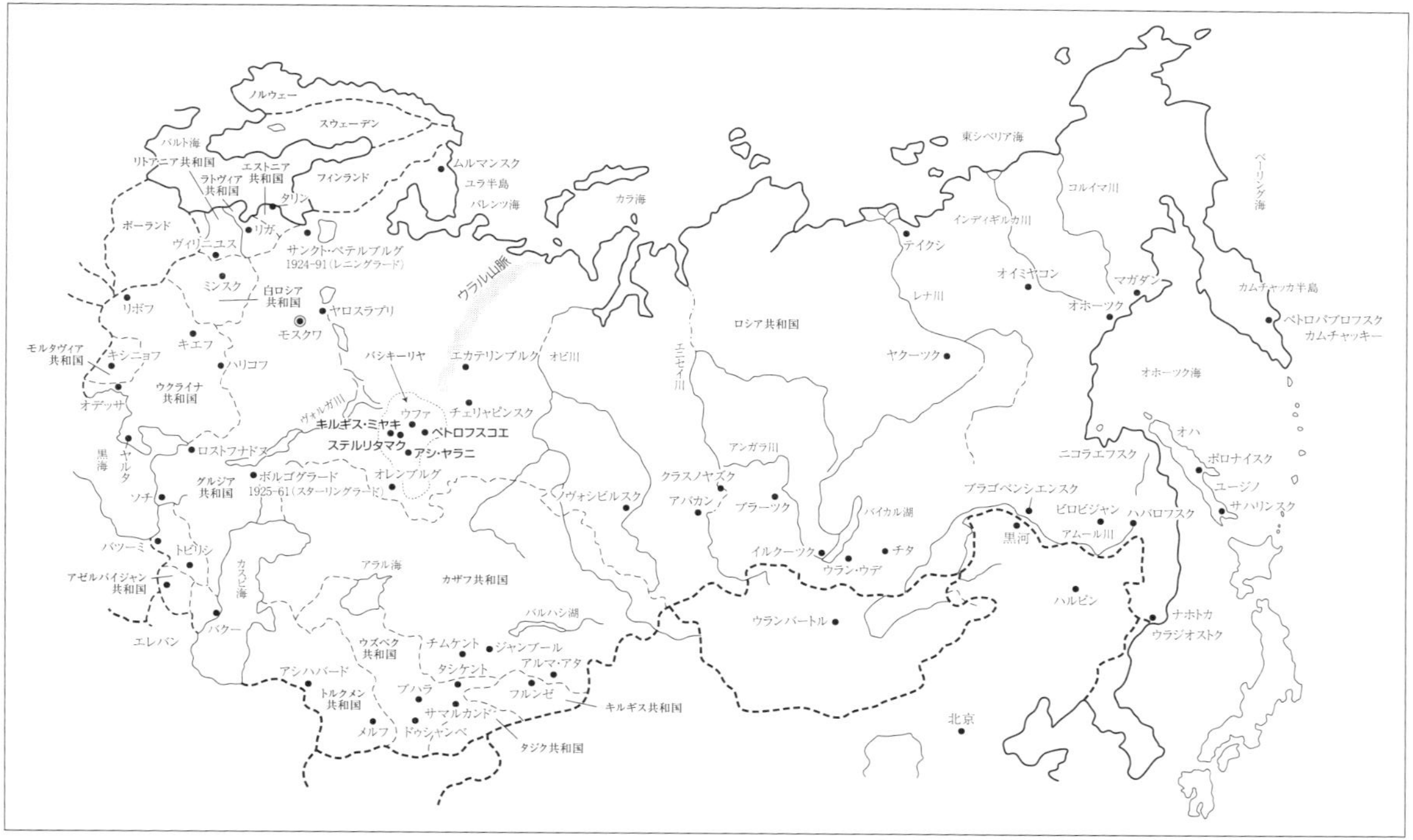

目次

私の故郷ペトロフスコエ村

第一話

祖父の軽四輪馬車と祖母の山羊たち

母が父と別れたのは私が生後三か月の時。そのまま母は再婚するために、ステルリタマクの町に移っていきました。だから私は祖母と祖父の手に託されたのです。祖父はペトロフスコエ村の生産組合長をしていました。いいえ、私は仕方なく祖父母のもとに放り投げられたのではありません。そうしたい、と二人が自分から言い出してくれたのです。それは戦後一年めのこと。祖父母の記憶にはまだ生々しかったに違いないのですが、愛娘の長女ザイトゥナを前線で亡くしてしまった時でした。そういう訳で、私は光栄にもその名前をつけてもらったのです。このようないきさつで、空いてしまった二人の心の穴を満たし、失われてしまった名前を家に取り戻すべく、私は自分の役割を授かったのです。

とても幼かった私に、無意識と意識とを分けるとばりを少し開けて物心をつけてくれたのは、小村ペトロフスコエですが、それはバシキーリヤの平野部を流れる小さめの河・シガ川流域の村でした。シガ川は村を抜けて流れ、やがてジガン湖にたどりつき、水を満面にたたえます。平原の三方向から支流が合流し、第四の方向に向かう川は、うっそうとした森を縁取るようにして、先はウラル山麓の間近までつながっていきます。でもこの村は、バシキールのものでも、タタールのものでもなく、どちらかといえばロシアの村でした。というわけで私はバイリンガルとして育ちました。家ではタタール語で話しをし、同級生たちとはロシア語で話しました。でも年々、何ということでしょう、ああ、今ではタタール語をほとんど忘れてしまいました。

とかく子ども時代の記憶というのは、連続性のない断片が個々にフラッシュバックするものです。その一つ一つをお話しましょう。あるよく晴れた日、私の叔母、といってもまだ若い叔母、一八歳のナルキザ・アパ、通称アーニャは昼休みに牛乳生産工場から走って帰ってきました。急いで食べながら何か話をし、時々甲高い笑い声をあげ、また走って消えて行ってしまいました。祖父は、老いた馬が引く軽四輪馬車に乗って少し遅れてやってくるのでした。祖父の帰りを迎えるため、私は家の門に自分用の見張り場をつくり、そこに腰かけていました。そこからなら村中がほぼ見渡すことができました。馬車がくるのを見つけると私は門から飛び降りて、裸足のまま全速力で大草原を突き走り、祖父を出迎えたものです。馬が止まると祖父は力強い両腕で私を抱きあげ、ひざの上に座らせてくれました。そして馬車の手綱を私に渡してくれるのです。私は有頂天になって「出発！」と叫ぶと馬は走り始めるのでした。まったく同じようにして夕方には仕事を終えた祖父を出迎えました。

ところで私の祖父といったら、いったいどれだけ沢山の民話を知っていたのでしょう！　シュラレのお話（タタールの民話）、美しいお姫さまの話、悪魔とバーバ・ヤーガ（ロシアの民話に登場する森の妖婆・魔女＝訳者）の話、それに勇敢な騎手とその翼のある馬の話……を聴いているうちに私は何回も祖父の肩にもたれて眠ってしまうのでした。

読み書きを私に教えてくれたのは祖母でした。冬には暖かいペチカに祖母と二人で腰かけ、灯油ランプで明かりをとり、字の勉強をしました。庭のある家の絵も描いたし、土と黒パンのくずを混ぜ合わせて森の動物たちを作りました。絵を描くための紙などありませんし、教材用の粘土もありませんでした。新聞の切れはしや包み紙、あるいは板切れを使って私にＡＢＣを教え、化学鉛筆（インク・ペンシル、濡らすとインクのようになる＝訳者）で字を書き、その後で、こそぎ落としていました。

でも吹雪の時期ともなると、家はこんな状態でした。私たちが住んでいた地方では、しばしば雪あらしがやってきて、強烈な音を伴った吹雪が当たり前。それはそれは激しく、まるで自分の家が転がってしまうのではないか、雪の中に埋もれてしまうのではないか、と思われるほどでした。家の中は暗く、窓越しに外を見ることはできず、ひたすら暴風、雪、闇が続くのでした。灯油ランプと冷めることのないペチカだけが団らんを支えてくれました。コオロギさえ薪の山の陰で静かにしています。やがて朝になると全てが静寂の世界。夜通しの降雪が積もり、シールドとなって窓を覆い隠してしまいます。入口の戸を開けようものなら、室内に雪が押し入りかねず、その重い層を通過して外に行くことなどできません。ですから外に出るために祖父が雪の壁に、深くて長いトンネルを掘ってくれました。

でも外に出れば白銀の輝きです。吹雪は大きな吹きだまりを残し、その下に柵があるらしいことがようやくわかるのです。家全体は、ペチカのエントツだけとび出している雪の山といった感じです。厳寒の頃には雪が多く、ぎっしりと積もりに積もり、その重みが発するきしみ音は家中に響き渡ります。密に固まった雪なので家の屋根によじ登ることができ、そこからはそりのように滑り降りることができます。

4歳の私，ペトロフスコエ村

少しずつ暮らしが動きはじめます。他の家々でもトンネルが掘られ、窓の雪もなくなって、すっきりとした昼の光りが家の中の方まで入ってきました。すると、もう好奇心一杯の山羊たちがガラス窓に鼻を押し付け、中にいる私たちをのぞきこんでいます。山羊たちの蹄がのぞき窓の高さまで届いています。でも雪をすっかりかき分けることはできません。もっともそんな必要もありません。だってまたすぐに雪に埋もれてしまうから。そしてまた足元で雪がきしむのを感じ、まぶしいほどの銀世界になります。でも屋根を登り、ペチカの煙突の中に雪を投げ入れる楽しみがありますが、それはだめといわれ、罰をもらうこともありました。

1歳のいとこのライサ，ナルキザの娘（右）とともに
ペトロフスコエ村，1951年

もう一つ、一九四九年の冬も覚えています。それは私が猩紅熱で入院した時のことです。その冬に私の叔母ナルキザの結婚式があったのですが、多分この病気のために私は出られなかったのでしょう。その代わり、若夫婦が病院まで私を見舞いに来てく

れたのを覚えています。二人は感染病棟には入りませんでしたが、霜で覆われた窓をはさんであいさつを交わしました。夫婦は窓越しに何か叫んで話しかけたのですが、私には聴きとれませんでした。でも幸せそうに微笑んでいる二人の顔は永久に忘れることはありません。でも私が退院して家に戻ったとき、ナルキザは、もういませんでした。彼女が夫の住んでいたステルリタマクの町に引っ越してから、この家は、なぜか住む人がいなくなってしまった空家のように思えたのでした。すべての物はそのままの位置にあり、時計がどこかに逃げていって時が止まってしまったみたいで、コオロギは自分の歌をうたっていますが、ナルキザの甲高い笑い声はなく、彼女のせっかちな足音もなく、そのよく響く声も聞こえませんでした。失われたものはもう戻ってこない、という私が味わった子どもなりの最初の感情でした。

毎年、冬が始まると我が百姓家には、いろいろな動物がやってきます。最初は、山羊で、生まれたばかりの子やぎを連れていました。出産した日の夜には家の中に入れてもらい、自分の身体で子やぎたちを暖めていました。朝になると山羊は小屋に連れて行かれました。でも山羊はきまってそこから走り出し、窓辺でメェメェと鳴きながら走りまわるのでした。家の周囲は雪の吹きだまりになっていて、山羊たちは雪の中に立ちつくし、ガラスに鼻を押しつけ、中に入れてくれ、と要求しているように見えました。祖母は一日に何回か親山羊が子やぎに乳を飲ませるようにさせました。やがて子やぎたちが少し成長すると、山羊小屋ではまだ寒すぎたので、子やぎたちを母屋の隅に結びつけておきました。そこには白樺の枝が吊るしてありました。子やぎたちはその葉っぱをむしゃむしゃ食べます。一日の終わりにはその枝を集めて一本のほうきにしました。日に何度か、子やぎたちは解き放たれ、一目散に家の中を走りまわっていました。またちょっと大きくなるとテーブルの上にも、食器棚にも、長持にも、ベッドにも跳ね上がってしまいました。ベッド上ではトランポリンのように跳ねるので、手遅れになる前に追い払うよう見張っていなければなりませんでした。（おしっこをしてしまうこともあったので）。そして子やぎたちに角が生えてくると互いに突き合ったり、私を突いたりし始めるのです。いつだったか、一匹の子やぎが私をとても巧みに突いたので、私は、祖母がじゃがいもを蓄えるために空にして、ふたをはずしておいたむろ（室）に飛ばされてしまいました。

子やぎたちといるのは楽しくて、飼育小屋に入れて別々になるのは少し残念と思っていましたが、ガチョウの場合は、それよりもっと大変でした。私の家には、ガチョウが三、四羽いて、卵からヒナをかえします。寝台の下に巾広の平らなカゴを置いて、その中でいっしょにしておきました。だから寝台の横をうっかり歩いたりすると、シューシューと脅かすような鳴声を立てました。ガチョウがカゴからはい出てくるのは、もっぱら水を飲んだり、えさを食べたりするときだけでした。そのようなときに私たちもネコたちも長持によじ登り、ガチョウたちが寝台の下の場所に戻ってくれるまでじっと待っていました。

二週間もすると孵化したガチョウのヒナたちがピーピーと鳴き始めます。するとヒナたちもいっしょに飼育小屋に運び入れ、親鳥に面倒を見させます。ヒナたちがまだ小さいうち、私は家から出るのが心配でした。なぜって親鳥がシューシューと言いながら、すかさず私に駆け寄ってきてしまうからです。それから自分を救い出す助けとなるのは私の足の速さしかなかったのです。でも外に鳶《とび》が現れるとガチョウは敏感に反応します。私と祖母はいっしょに、長い枝を武器にしてこの猛禽が向こうへ飛んでいってしまうまで振り回したものでした。

私たちの村は第一として何事もロシア式でしたので、生活面でも大体において正教的な特徴がありました。もしかしたら私たちにも、他から取り残されたくはない、という思いがあったのかもしれません。マースレニッツア（冬を追い払い春を招くロシアのお祭り、二月〜三月にかけての一週間＝訳者）の祝祭日になると祖母はいつもブリヌイ（バターを使ったロシア風のクレープ＝訳者）を焼いてくれました。それは、きび、そば粉をイーストで発酵させてつくります。私たちの家の向かいにあった大牧草地には、そりの回転木馬がつくられ、それには子どもも大人も乗って楽しんだものでした。なんて楽しかったでしょう。そりは走り出し、祖母が迎えに来てやがて止まるまで、ぐるぐるまわり、遊び続けたものでした。

パスハ（復活祭）の前になると祖母といっしょに卵に色を塗りました。玉ねぎの皮で色を出したり、マリーナ（エゾイチゴ＝訳者）の赤紫色で。そしてパスハの当日になると、朝から子どもの集団が「キリストは蘇り給えり！」と叫び声をあげながらどかどかと私の家に入り込んできました。すると祖母は彼らにきれいな色の卵とおいしいパンとアメをあげるのでした。私もその仲間に加わって、いっしょに別の家に走っていきました。正午になると草っ原では大きな催しが始まりました。アコーディオンが鳴り響き、チャストゥーシカ*を歌ったり踊ったり、私たちは回転木馬でぐるぐる回りました。

*チャストゥーシカ……ロシアで19世紀後半から流行し、現代まで口承的に伝えられる、風刺、叙情的踊り歌＝訳者

もう一つの祝日も忘れることができません。それは正教会のものでも、イスラムのものでもなく、いつの季節と決まっているものでもありませんでした。それは選挙でした。私がそれを覚えているのは、その日に祖父が、いつもとは違う、丹念にアイロン掛けされた詰襟の立派な上衣を勲章やメダルをたくさんつけて着るからでした。そして生き生きと微笑みながら祖父が選挙区から戻ってきたとき、脇の下に必ず、焼き立てのこんがりしたパンが挟まっていたからです。それが発するいい匂いは家中に広がって、私はすぐに、むさぼるようにそのパンに飛びついていきました。だって、そ

の次の選挙までは、しばらくそのパンにありつけないとわかっていたからです。

六月の半ばともなると冬支度が始まりました。近くの森へ行って白樺の幹をのこぎりでひき、その枝をほうき用に切り取りました。それは自分の家用（サウナ用）と子やぎたちと親山羊用でした。大人たちが木の準備をしているあいだ、私はいちごを集めました。同居していた曾祖母のサニアばあちゃんにごちそうするためです。曾祖母は窓を開いて腰かけ、私たちが帰ってくるのを待っていました。カリーナの実も採りました。ルビー色の房の実は、霜が降るころまで屋根裏の垂木に吊り下げて置きます。そして少し凍ったカリーナの実で祖母はおいしいスイーツをこしらえてくれましたが、それは町の子ども等は知らない、村限定の御馳走でした。

それから缶を使ってアリ狩りをしているのは多分私と祖母の他は誰もいなかったでしょう。私たちたちはアリ狩り用に一リットル缶を持っていきます。内側に植物性の油が塗ってあって、アリたちはそれが大好きだったのです。少しでも大きめのアリ塚を選びます。バシキーリヤには人の高さぐらいの巨大なアリ塚があるのですよ。ついでながら、こんな大きなものは他の所では見たことはありません。持ってきた缶を突っ込みます。それが一杯になるのを待って、ふたをします。こうして家に持ち帰り、熱いかまどの中に置きます。アリは死に、酸を出します。後で濾してガラスの小瓶に注ぎ直しておきます。するとそれは、粘り気のある、匂いの強い液体になります。ぎっくり腰などのときに薬となるのです。

だいたい病気といえば腰痛で、村で重労働をしている女の人すべての災いでした。でもどうして大人は腰を痛めてしまうことになるのでしょう。私の助けがないとどうしようもなくなってしまうのです。祖母の腰にアリの油を塗って私はマッサージをし祖母の裸足の両足を踏んであげました。すると祖母は缶の置き方を教え、五歳の私に燃えている火の始末を任せるのでした。今日では、そんなこと想像もできませんよね。

ある夏のこと、私は幼稚園に通いました。それは祖父が長をしていた生産組合からほど遠くない所にありました。この近さをよいことに私はしょっちゅう祖父の仕事場に走って行きました。祖父の部屋で何か会議が行われていたとしても、私が飛び込んできたことで打ち合わせは中断となり、私はと言えば誰にも構うことなく祖父の首に抱きつきました。集まっていた人々に謝りながら祖父は会議を切りあげ、私を外庭に連れ出し、私がいなくなって驚いていた保母さんたちに手渡ししました。

朝になるといつも幼稚園には一人で歩いていきました。通り道には小さなシガ川にぶつかるのですが、その橋の下にはアマガエルがいっぱいいました。よく私はここで道草をしたものです。私はカエルに夢中になってしまいました。二、三匹跳び上がったところを手でつかまえ、それらを自分の短靴の中に入れ、川の流れに任せてやりました。カエルたちを船旅に出してからは、裸足のまま自分の道を歩いていきました。しまいに祖母も祖父も私の奇行にうんざりして幼稚園から私を引きとってしまいました。

もう一つ、私には夏の思い出があります。祖母といっしょに放牧した群れを迎えに行ったことです。私の家の山羊たちが戻ってくるのです。群れの中心は雄牛たちでその後に続いて雌牛と子牛たちが、さらにその後に続いて山羊たちが歩いてくるのがお決まりなのです。村まで来ると群れは、各家ごとに離ればなれになっていきます。その中には私の家の山羊たちもいます。それを見分けるのは簡単です。うちのは大型の、オレンブルク柔毛種の山羊でしたからね。でも、ある一匹の山羊だけは、何というかダメ子ちゃんで、私の家の門を堂々と通り過ぎて、村一周の散歩を続けるのです。だから三匹の、とても「規律正しい」山羊たちを先に門の中に入れてから、逃亡者捜しに出かけ、しばしば夕間暮れになってやっと見つけるのでした。私たちを見てこの山羊さんはメェーと鳴きながら、こちらに向かって走り寄って来ます。まるで自分の罪をわかっているかのように。

でも本当、山羊の柔毛（羽毛のような）を扱うのって大変な手間なのです。夏、祖母は山羊の柔毛をすいて取り、冬、それらを紡いで毛糸にします。その毛糸でショール、くつした、ミトンの手袋を編みます。でも糸に紡ぐよりも前に、山羊の柔毛にからんでいる獣毛を引き抜くことをしなければならなかったのです。それは私の担当でした。課されたこの仕事を遂行しない限り、外に行って遊ぶことを許してはもらえなかったのです。

私が七歳になる前、九月一日までの一か月間、祖母は私を学校に上げる準備を始めていました。学校用の制服を縫い、職人さんに革のブーツを注文し、かばんを買ってくれました。初登校日の楽しみは深刻な幻滅に転じてしまいました。つまり、こういうことです。私たちの学校は、その年の新一年生の教育が定員オーバーになってしまい、たった一つだけの新入生学級では、二人用の学習机が三人掛けになってしまうのでした。そこで九月一日（教育年度初めの日＝訳者）に、七歳未満の子どもは対象外にすると決められてしまいました。そのうちの一人に私も入ってしまいました。私の誕生日は九月の末（二十七日＝訳者）でした。私と祖母の悲しみは限界をはるかに越えました。実は、当時もう私はすらすら読めましたし、百まで数えたり、引き算も足し算もできていました。祖父は自分の「管理者としての資源」を欲しいままにできる立場だったので、私が受け入れてもらえるようにすることはできないか、と頼みました。でも彼は、どんな抜け道も不正なコネも頑として認めませんでした。

というわけで私は「ピカピカの一年生」を二回やりました。翌一九五三年になって教室の机に腰かけた時、最初の教科書（初等読本）は二週間でマスターしてしまい、私は退屈でしかたがありませんでした。それで学級の子たちが、女の先生の口述する文字を書き取ったり、その字を使って単語を書いたりするのに四苦八苦している時に、私は机に突っ伏してへばりついたり、隣の子にちょっかいを出したり、前にいる女の子のふさふさした淡色の巻毛にインクで色をつけたりしていました。たぶん私は彼女

私（右端），クラスメイトと
ペトロフスコエ村　1954 年

をうらやましく思ったのでしょう。なぜなら夏が来る度に、祖母が私の髪の毛を根こそぎ刈り込んだのです。そうした方が、芝生と同じで、もっとよく毛が生えるという理由からでした。とうとう私の先生は堪忍袋の緒が切れ、私を部屋の隅に立たせました。何度、立たされたかは覚えていませんが、その罰そのものよりも怖かったのは筋肉をむき出しにして、元からあった内面性があけすけになった人間の姿の方でした。その時からもう何年が過ぎたでしょう。でもその時の恐怖は未だに私の記憶の中で生きています。

その代わり授業の後は、意のままにできました。雪遊びやとっくみ合い、かばんを振り回したりもしました。かばんをそりにして敷き、氷の張ったシガ川の急な坂をすべったり、雪の要塞をつくって遊びました。ある時、遊びに夢中になっていた私は隣の、ケンカっ早くって、いつも落第点とりの男の子のかばんと取り違えてしまいました。そのことに気がついたのは家に帰ってからで、祖母と祖父に自分の点を自慢しようとノートを開いた時でした。オール2点であることを見た二人はびっくり仰天でした。でもすぐに何が起きたのか判断し、祖父は、そのかばんを持ち、隣の通りまで行ってその家の主に手渡してくれました。こうしてこのちょっとした事件は一件落着となりました。

第二話

党の兵士

祖母ハティマと祖父ラフマトゥッラなしに私は自分の子ども時代を思いうかべることはできません。この二人がいなかったとしたら私の子ども時代は多分まったく別のものになっていたでしょうし、私も別人になっていたことでしょう。二人にとって、私がいたことは欲していた喜びや光をもたらしたのだろうと思います。しかしこの二人の生活も決して甘いものではなかったと言わなければなりません。二つの革命、三つの戦争、一九二〇年代の飢餓と欠乏生活、生まれた一〇人の子どものうち七人の死。それに彼らの青春時代でさえも、それは誰にとっても輝いている人生の一時期のはずなのに、二人の青春の時は私共の国の歴史上、最も重苦しい局面と重なっていたのでした。

二人が知りあった時期は、まもなく祖父が第一次世界大戦の塹壕生活を余儀なくされる三年間が目前に迫っていた時期だったと言うだけで十分でしょう。この大戦に祖父は最初から最期まで参戦し、第九軍エフパトリー連隊、第二五七工兵部隊の歩兵でした。実際、負傷せずに済んだのですが、その代わりガス中毒になり、ために半年間は病院で伏せっていました。そして聖ゲオルギー十字章四等の兵士として報いられました。彼は勇猛さを欲しいままにしていました。そしてまさにそこで南西前線の塹壕において本当のロシア語を習得したのでした。それまでは自身にとってロシア語は母語ではありませんでした（祖父はキルギス・ミヤキ村で成長したのですが、そこには七年制のタタール語学校しかありませんでした）。ここで肝心なことは、ロシア語を身に付けたことによって政治に関われるようになり、永遠に宗教と手を切ったことなのです。

事実、自らの政治的な選択において、祖父は即断することを避けるようになりました。それはともかく、一九一七年夏は軍部隊で選挙兵委員会がつくられた年なのですが、第九軍兵士代議員大会がハリコフで行われることになりました。祖父自身がその代表委員に選ばれたのですが、まだいずれの政党にも加わっていませんでした。何ということか、この戦争に引き続いて勃発した十月革命は、第一次世界大戦からの一方的なロシアの脱却を表明させるに至り、結局、軍隊は崩壊しました。大軍を成していた兵士たちは、出身地ごとに散り散りばらばらになってしまいました。そんなわけで二二歳のラフマトゥッラ・アリバエフはそこに留まるあては何もなく、故郷の村に戻り、そこで長いこと遠さがっていた平和な生活を営むために稼ぎ始めました。そして、それが長くは続かないなどとは考えもしなかったのです。

そんな折、隣村出身の美しく器量よしの一八歳のハティムと彼を、両親が結婚させました。ところで彼女の持参金は大したものでした。スイスの「モーゼル」社製の壁かけ時計、「シンガー」の足踏み式ミシン、これらは時々やってくる行商人から曾祖父が買ったものでしたが、その他にも雌牛と羊、それに、いろいろな品々、ガチョウの羽根でつくられた枕、シーツ、ウールやシルクの反物、キツネやリスの毛皮、そんなものが長持に詰まっていました。貧農出身の作男で、軍に召集されるまでは富農のところで賃仕事をしていた彼にとっては、かなり意味の深いことではありました。でももっと大事なことは、その娘を彼は気に入ったということですね。

結婚したのは一九一八年でしたが、家庭生活の幸せは長続きしませんでした。本質から言えば、二つの戦争、つまり第一次世界大戦と内戦との間にできた中休みは、ほんの短い休止でしたので、そのまま戦争が引き続けられていたのと同じだったのです。祖父ラフマトゥッラは、何事にも知らん顔をしていることができない人間でした。自分にとってなくてはならない大事なものと、そう彼は考えていたのですが、ためらうことなくソビエト政権を守るために戦争に行きました。彼の兄弟二人も志願兵として加わりました。そして三年の間、さまざまな前線に送られ、こき使われたのです。そして彼の後を追って針と糸のようにどこであろうと新妻も後をついて行ったのです。

内戦時の写真が残っています。ラフマトゥッラは背が高く、引き締まっていてハンサムです。左に立っている妻より頭一つ分背が高いですね。きゅっっとひねった騎兵の口ひげをしています。身を固め、まっすぐカメラを見て、目は少し閉じ加減にしているようです。

妻の方は彼の肘をつかまえていますが、別々でよそよそしく見え、おもしろいですね。顔はこわばっていて、何ていうか、疲れていて、遠慮している感じです。祖父には男らしい剛毅さも、自信もなく、写真を撮るのは初めてだったような感じですね。写真の裏側にはこう書かれています。「オレンブルク、一九二〇年、特別モスクワ騎兵中隊長」。事実、彼は帝国軍から退役したときの階級は一歩兵でしたので、たった一年から一年半ほどの間に、中班の司令官にまで昇格したのです（中隊長と中班の司令官は当時、事実上、同じことでした。）この当時、昇進はとても早かったのです。しかし中隊長はボルシェヴィキ党員であることをも意味していました。祖父が入党したのは一九一九年で、軍ではボルシェヴィキ党の路線を導入したのです。党歴がまだ長くはなかったにもかかわらず、彼も自らを党の兵士として自覚していたので党の教条を固く信じ、それを人生最後の日まで持ち続けました。

ラフマトゥッラとハティマの
アリバエフ夫妻
オレンブルク，1920 年

祖父の軍歴書からは南部戦線で起きたデニキンによる反ソビエト運動（一九一九―二〇）に対する戦闘への参加、東部においてはブルューヘル司令官の配下にあったことが知られます。そして祖父の最初の責務に注目してほしいのです。そこでは馬屋の長から自分の仕事が始まったのですが、ついには全ロシア近衛騎兵隊司令部東部遠征隊経理係になっており、軍用馬の買い付けという責任ある、いわば馬匹補充将校のようなことをしていました。つまり、あっちでもこっちでも至る所で馬に関わる仕事をし、祖母の証言によれば、常に馬たちのことを気遣っていたということです。近衛騎兵としての地位は一九三〇年代末までです。「あんなにも美しく馬に乗り、駆けることができたのは、あの人だけだ」と当時の彼を知るある女性が言っていたということです。もっとも、会計官として祖父は大きな金額を扱っていましたし、その報告を正しく行い、信用されていました。国家の財産に対する祖父の責任あるこのような態度は、後に祖母が何度も何度も言っていたのですが、後々の祖父の人生において大きな役割を果たすことになりました。それは一九三〇年代、初めのことですが、祖父自身によってつくられた国立銀行キルギス・ミヤキ支店の長になる日が来たのです。

「とは言え戦争は平和に終わる……」と言うように内戦にも終わりがやってきて、

七年間手から武器を離すことのなかった人々も、それぞれの家路に着いたのです。そしてこれは不意に訪れた運命の交差点でもありました。全ロシア近衛騎兵司令部の命令書に従って、祖父はモスクワの軍用馬飼育場での仕事に差し向けられることになりました。その仕事こそ彼がもっぱら切望していたものでした。その上、田舎者の祖父にとって一度も行ったことがなかった首都モスクワに移り住むことは願ってもないチャンスだったのです。このような提案を引き受けない手はないでしょう？　もちろん祖父は、たとえ祖母が反対しても、それを受け入れたのでしょう。でも家長でもあり、また火の中、水の中を生きもし、多くの人々に指図をしてきた彼でしたが、上京したいという誘惑を断ち、キルギス・ミヤキに戻りましょうと説得する自分の恋人の静かな声に耳を傾けたのでしょうね。彼女をそうさせたものは何でしょう？　恐らく赤い首都に行ったとしても二人に幸せはなく、直線的で妥協することを知らない性格の祖父にとって大都会に住み慣れることはできまい、という暗示とも言えるような直観が働いたのでしょう。妻たちは、しばしば自分の夫たちよりも賢明でありますし、事のその後の成り行きは祖母が正しかったことを証明してくれました。

こうして彼は妻の言うことをききましたが、持ち前の、代表者的な性格は彼女と一緒になってからも、自分の村を社会主義の村にペレストロイカ（再編）しようとする夢と相まって保持されたままでした。故郷の村に戻るや否や、その実現に着手し、それはある部分、当時の国家政策の現代化にも合致していました。

ここでも一九二〇年代がソビエトの農村にとっては「黄金の世紀」だったということを言っておかなければなりません。約八年間に及んだ戦争は終わったのです。飢餓、チフスの流行、日常的な物不足、戦争共産主義の時代による喪失、こういったものはみな過ぎ去りました。国ではネップ（新経済政策）が導入され、それによって都市と村との自由な交易と物々交換が許され、二年後には強制的な農産物徴発制度すなわち実質的な農民収奪が起こりました。そしてそれだけではなく、革命という一点において、実際に約束は実行され土地は当分の間、それを所有していた村の地主が管理する無償利用に移行しました。大体において祖父は、いわゆる必要な時に必要な場所にいるような人で、彼の行く手には活動の広場がいつも拓かれるのでした。次にあげるのは、そのような役職の主なものです。

一九二三年　　土地の協同耕作に係る組合長（構成員五〇戸）
一九二四―二五年　農業信用組合理事
一九二五―二八年　ミヤキ地区執行委員会代表
一九二七年　　コルホーズ*「イゲンチェ」（パハーリ）代表
一九二八―三一年　包括的農村共同組合代表

すべてこれは、私が保管している文書にあるものです。ここで、祖父が一九二七年に自分の村に三〇戸からなるコルホーズを組織しようとした時期に注意を向けてみましょう。ここには大勢いた親類縁者を書き込んでいて、祖父は少しばかり自分の蒸気機関車を前進させ、二年間で村を集団化するためにかなり大規模な仕事仲間を定めました（幸せなことに、そのことが彼の実験を少しばかり延期させてくれました）。その時、同意が得られないことに関して当時祖父はもはや強制的な方法を採ったのですが、そ

*コルホーズ（協同組合農場）……農業の集団化の主要な形態として進められたが、コルホーズ農民の所得は低かった。政治的な圧力が加えられ、やがてソホーズ（国営農場）化していく。ソホーズは、スターリン時代にはごく少数で、集団農場はコルホーズが主体であった。＝訳者

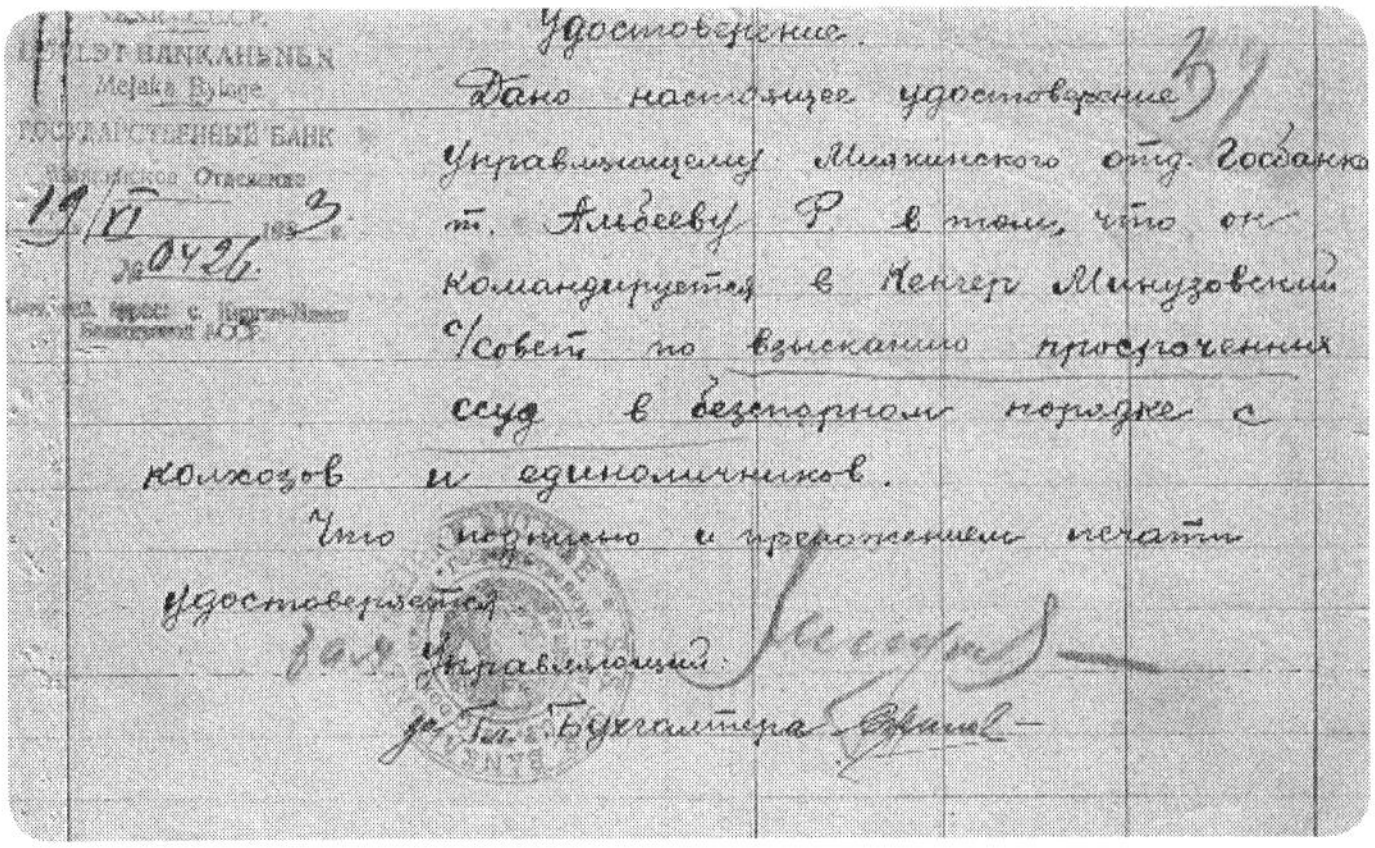
ГОСУДАРСТВЕННЫЙ БАНК
19/VI 1933
№0424
Удостоверение.
Дано настоящее удостоверение
Управляющему Мякинского отд. Госбанка
т. Алибееву Р. в том, что он
командируется в Кенгер Минузовский
с/совет по взысканию просроченных
ссуд в бесспорном порядке с
колхозов и единоличников.
Что подписью и приложением печати
удостоверяется.
За. Управляющий:
за Гл. Бухгалтера

国立銀行ミヤキ支店長Ｒ・アリバエフに交付された
身分証明書　1933年

れについては二人の兄弟ジンナトゥッラとガイズーラとの不仲が伝えられています。彼らは種まき機を割勘で購入し、それを祖父の目の届かないところで動かしていました。コルホーズに渡さないようにするためです。事は殺人事件になるところだったのです。弟二人は兄に農業用フォークで襲いかかり、すんでのところで流血を免れたのです。とはいえ、それでもやはり一家内での権力争いは大きなことで、後に彼の妻の姉妹の誰かが言っていたことですが、宗教的な祝日の時でさえ、彼の親類たちは彼からこっそり隠れるようにしていたということです。祖父は無神論者

村の自宅前にいる祖母と娘たち。左からザイトゥナ，ナルキザ，ローザ
キルギス・ミヤキ村　1929 年

であり、そんなものを認めないということを知っていたからでした。

　ところでスターリンの集団化の時期、祖父は一体どんなことをしていたのでしょうか。もう一度、履歴書を見てみましょう。するとわかるように、まさにこの当時、祖父が負っていた職責は主要とは言えないもので、いずれにせよ、共同農業組合連合の代表というような、何だかよくわからないものでした。低い地位でありながらも主要なものとしては、党地方委員会書記、再生コルホーズ代表、ОГПУ《オグペウ》（ソ連邦人民委員部評議会附属統一国家政治局）の地区全権代表でした。しかし農業協同組合はコルホーズでは全くありませんし、何というか、あらゆる点から判断すれば、多かれ少なかれボランティア的と言えるようなものでした。そうだとしたら、祖父は自らの発起で故郷の村に三〇戸から成るコルホーズを二年間でつくりあげたのに、一体なぜ、どういうわけで、まさにこれからという時に身を引いてしまったのでしょう。運命がそのように敷かれていたのか、それとも自身が何かを理解し、上からがんじがらめの強制労働に参加することを欲しなかったのか、あるいはまた、祖父自身が二年間で体験した何かが教えたことのせいであったのかもしれません。どちらにせよ、自らそのことを話すことはけっしてありませんでした。

とはいうものの、一九三一年に彼は国立銀行キルギス・ミヤキ支店長のポストに着いているのがわかります。さらにもう一つ、運命が転換しました。彼が評議会職員の身分に移行したことです。バシキーリヤのような僻地にあってこの仕事は全く新しいもので未来に照準を当てるものでした。祖父は最初の開拓者の一人となりました。そして大胆にも、この危険の多い航海をし始め、自ら責任を背負うことも恐れませんでした。内戦の年月にあっても恐れることなく、どこへ行っても自分の党をないがしろにしたことは一度もありませんでした。

いつ、どこで祖父は銀行の仕事を学ぶことができたのでしょう。多分、その時代にはよくあった講習会のようなものに出て、そのおかげで人間として成長できた、それも仕事の面だけでなく教養的な面においても。そうだとすると、この意味においてソビエト政権を十分評価しないわけにはいきませんね。なぜならそのような教育を大いに進めていたからです。祖母がよく、こうほめていたのを思い出します。「こんなことがあったさ。一番暑い頃にゃ、誰も他に何も手を付けようなんてしないわね。でも彼は違っていた。次から次へと何かの講習会に行ってね。じゃがいもを掘り起こさなきゃなんねえときも、冬の薪を用意せにゃなんねえときもね。じいさんは学びに行ってただよ。」しかし、その学びはそれなりの成果をもたらしました。もしそうでなかったならば、祖父は七年制のタタール語学校を出ただけの教育を両肩に背負ってはみたとしても、銀行マンとしての主要な実務に携わることなどできなかったでしょうか

祖父，祖母と３人の娘たち
前列左からザイトゥナ，ナルキザ，ローザ
アシ・ヤラニ村　1939 年

ら。後に祖父はこの仕事の道を自分の甥、つまり祖父の妹ハディィチャの息子に歩ませました。その息子は一九六〇年代から七〇年代にかけてイシムバエにある国立銀行の支店長のポストにあり、我が人生への切符を渡してくれた人物として祖父の思い出を永久に自分の心に留めていました。

祖父母とザイトゥナ（長女）
1939 年

一九三六年までの五年間、祖父はソビエトの銀行マンとして仕事をし（当時それは通常的な慣習だったのですが）木材調達労働の部署に転勤となりました。金融産業連盟の地区間事務所代表で、その後はアシ・ヤラニのコルホーズ所長に任命されました。そこは民話に出てくるようなウラル山脈の美しい土地（バシキール語からロシア語に訳すとキースラヤ・ポリャーナ「酸っぱい平地」）ですが、しかし一帯は矯正労働キャンプ管理総局の土地で、コルホーズ自体は副業経営であり、周辺にはバター工場、牛舎、子牛の飼育舎があり、食糧難の時期にはバターや乳製品をバシキーリヤの党の特権階級たちに供給する任務を果たしていました。そのような仕事の中核となっていたのは、土地を収奪され、そこから追放されて三十年代初めにここに連れてこられた人々でした。そしてこの地の集落から一キロメートル程の所に、警備役、見張り台役、警備犬付の四人用のコロニーが建設されたのです。

この危険な時代、ここでの労働は薄氷を踏むようなものでした。（祖父の前任者でコルホーズ所長の地位にあった者が一九三八年に銃殺されたことを言うだけで十分でしょう。）しかし祖父は党の兵士であり、この仕事を文句もなく受け入れました。そして自分の農場で働く人々に対しては、我を通したりはせず、共感をもって接し、できる限りみんなが仕事をしやすいように努めました。とりわけそれが示されたのは、働く者の子どもたちに対する接し方でした。そのような子どもたちが教育を受けられる助けになればと、専門学校や大学に入学するために優待書簡を書いていました。というのも追放された者たちの家庭の子どもたちにとって、そのような教育機関への入学は閉ざされていたからです。私はよく覚えているのですが、祖父の死後、ある女性が私共の所を訪ねてきて、その方は町の新聞の、お悔やみ欄の告示を見て祖父の死を知ったということでしたが、わざわざ礼を言いたくて来てくれたのです。その彼女がどんなにか祖父の世話になったか、もし祖父がいなかったらどうやっても高等教育は受けられなかったと。彼女は戦前、祖父が長をしていた、まさにその土地の出身者だったのです。

祖父の人生で第三番めの戦争、大祖国戦争（第二次世界大戦のこと＝訳者）は、祖父をオレンブルクの軍事―教育召集に応じさせることになりました。そしてもうバシキーリヤの家に戻ることはありませんでした。上の娘ザイトゥナは、当時ウフィムスクにあった芸術学校で学んでいましたが、自分の父親と互いの出征のあいさつを交わすことができました。でも、それが父娘の人生最後の出会いとなってしまいました。一九四二年、彼女は志願兵として軍に赴き、スターリングラード進攻において命を落としました（公式な通知によれば、行方不明になったということです）。でも実はそのころ同じように彼女の父も同じように何百キロメートルしか離れていない近くの前線で戦っていたのですが、そんなことになっているとは想像さえしていなかったでしょう。

前線に赴任する前の祖父
オレンブルク，1941 年 6 月

これまで書いてきたことでおわかりでしょう。祖父はこの戦争への道をスターリングラードから始め、ポツダムでそれを終えました。すなわちヴォルガの河岸から出発し、ベルリンまで行ったのです。実際には歩兵でも砲兵でもなく、主計軍務の中尉としてでしたが、それでも彼の運命は大事にその命を守ったと言うべきです。事実、祖父はスターリングラードにおいてチュイコーフ将軍の名で知られる第六二軍で戦い、スターリングラードの地を最後の数メートルの所でぎりぎり守り通し、戦火の下、ヴォルガ河に架かる仮橋を防衛したのです。この仮橋のことは、ワシーリー・グロスマンの前線手記にこう書かれています。「酷い仮橋だ。恐怖。渡し船は車両がぎっしり

祖父母の長女
ザイトゥナ・アリバエヴァ
戦前最後の写真

だ。誘導、何百人もが互いに押しあいへしあいだ。渡し船は、はまって動けず。上空よりユンカースJU－88が爆弾を落とす。巨大な水柱が立ち上がる。真直ぐで、青白い。恐怖感。仮橋には機関銃は一丁もなく、対空砲も一台もなし。静かに輝けるヴォルガは残酷だ。まるで処刑台のようだ。」この地獄で生き延びることができたこと自体すでに幸運だったのですが、祖父は負傷することさえなかったのです。でも実は、そのことを話したがりませんでした。わかっているのはただ次のことだけです。祖父が得た「戦功」メダルは、このヴォルガ河岸で与えられた「第一九三歩兵師団による弾薬および食料の円滑な供給に対して」であり、それが前線における祖父の最初の武勲であるということだけです。

ところで当時、遠く後方にあった祖母と下の娘二人も自分たちの前線を守っていました。そこでは楽に戦っていたなどということはできません。レニングラードから派遣されてきた新しい所長は、出征軍人の家族がどのような状態でいるかを見もしないで、祖父とその子どもたちを家から立ち退かせ、それを自分で使おうとし、祖母らは寒々しくて使い勝手のよくない納屋のようなところへ追いやられました。最も苦しかった一九四二年をそこで過ごしたのです。この四年の戦争の間、彼女らはもうそれ以上ないくらいのことを味わったのでした。そのうちの多くはアシ・ヤラニの出身者タマーラ・フェダロヴナの著書「キースラヤ・ポリャーナのウラル矯正労働キャンプ管理局」という本に詳しく書かれています。

「パンが足りない、多くの人は、じゃがいもなしのままだ。なぜなら一九四二年の雪は早かったから。凍みてしまったじゃがいもを拾い集め、干して、レピョーシカ(せんべい)に焼いた。石けんがないので、骨をどろどろにしてつくらなければならなかった。もちろん着るものもあるわけはなく、とりわけ履物がない。そういうわけで子どもたちは学校に歩いていくことができなかったし、代わり番こで一日おきに通ってくる家もあった。でも夏になるとみな幼い者から大人まで誰もが草原で働いた。(中略)夜になっても働き続けた。男たちはみな前線に赴いていたので、女と子どもたちはみな自分たちで森の木を倒し薪を切り出しそれらを雄牛か雌牛に運ばせた。」

遠く遠く離れた村で自分の家族がどのような暮らしをせねばならなかったのか、祖父は知っていたのでしょうか。今となってはそのことを判断するのは難しく、長女ザ

R. アリバエフ（左から２番め）
ポツダム　1945年10月6日

イトゥナの手紙を例外として他に何一つとして銃後の様子を証明する文書は残っていません。加えて祖父は世事には大変疎く、きっと何も考えたりしなかったかもしれません。私が思うにやはり、家族たちが自分なしでどのような暮しをしていたかの真実を、思うことなどなかったかもしれません。なぜなら多くのソビエト将校たちはドイツから食料品などを送ってきていたのに、祖父からは何一つ送られてくることはなかったからです。勝利の日の前にも後にも。その勝利の日とは、前述したようにポツダムで決したものでしたが。

でもその半年前にページを戻しましょう。たとえ短くても、その頃どんな日々であったかは、お話ししておきたいからです（ああ、でも、私が持っている情報はとても乏しいのです。祖父自身がこの年月のあらゆる思い出を口にするのを避けていたのです）。結局、スターリングラードの後はヴォロネジの前線にて祖父は第四七軍の第二三歩兵師団で戦いました。私の手元にある文書資料として、総司令官からの感謝状が二通ありますが、それらはルニネッツ鉄道の拠点を占領したこと、及びピンスク市を解放したこと（一九四四年）に対して祖父に与えられたものです（この二つともプレスト州です）。

それに引き続いてポーランドです。ポーランドに行った証拠として「ワルシャワ解放」メダルがあります。そして最後は東部・ポメランスク作戦に加わり、そこではソビエトの兵士たちは、ドイツフューラー（ヒットラー）ヒンメル自身の指揮下のＳＳ（ナチス親衛隊の精鋭部隊）と対峙し、アリツザム市（現ポーランドのシチューツィン市）を占領したことに対して「赤い星」勲章に輝きました。アリツダムでは何があったのでしょうか。そこは十中八九、大祖国戦争で最も流血の激しい作戦が実行された地の一つであり、我が国の兵士約八万人の生命が犠牲となったのです。そのわけは、この進攻基地には文字通り、火点、鉄筋コンクリート製の永久トーチカと防御柵が沢山造られ、水がいっぱい貯め込まれた対戦車濠に囲まれていたからでした。これらはすでに一九三三年にかつてのポーランド・ドイツ国境上の、いわゆるポメランスキー堡塁が造営された時からあったのです。そんなわけで誇張なしに言えるのですが、戦争時の祖父の唯一の勲章は貴重な価値がありました。でも上級中尉以上に上がることはありませんでした。

しかし他方からすれば、四年にわたる戦時にもかかわらず祖父は、打撲傷一つ残すこともなく、ただ打ち身を負ったに過ぎません。実を言えば打撲傷は軽いものではなく、片側の耳の聴力を失うという後遺症を残し、幾分かは祖父の性格に影響しました（祖母の話によれば、祖父は戦争から復員してからなんだか急に怒りを爆発させたり、いらいらしたり、緊張しやすくなったということです。）

でもポツダムでの勝利の一か月後に撮った写真には、同じように若い将校たちのグループの中にいますが、そのようなことは感じられません。むしろ仲間たちを何か明るい感じで見ていますが、それは戦争に行く前の写真にはないような、新しい、彼にとっては特別な表情をしています。戦争は人を変えると言いますが、問題はどんな方向に変わるかということに尽きます。殊《こと》、祖父の場合について言うならば、私が思うには良い方に変えたのだと思います。いずれにせよ、前にも後にも祖父のこんなにもハンサムで人を引きつけるような顔つきは五〇歳の時と比べれば、それは若々しくて知性に輝いているようなまなざしを持ち、他の同僚たちの間の抜けたような顔つきの中では一際目立っている、こんな顔の祖父を見た覚えは私にはありません。

さらに半年間、祖父はドイツ占領軍の一員として一九四六年一月まで任務にあり、結局自由にどこへでも行くことはできませんでした。では一体、祖父はどんな「戦利品」を家に持ち帰ったのでしょうか。特別に、ここでそれらを挙げてみましょう。なぜって、ドイツ帰りのソビエト将校たちと言えば、どんなボストンバックや旅行かばんを持って帰ってきたか、みんなよく覚えているでしょう。まして主計官ともなれば、じゅうたんだのクリスタルガラスだの、ラジオ受信機、家具調度品を、前線の小型トラックに満載にして運んできたことをよく御存知でしょう。そういう人が私の祖父の持ち帰った勝利品リストを見たら、思わず笑ってしまうでしょう。

1. 小鳥たちがグーテン・モルゲン（おはよう）と鳴いている刺しゅう入りの、子ども用量産品のカーペット
2. 子ども用スリッパ　一足
3. ヒールのある女物パンプス　二足
4. 刺しゅう入り台所用エプロン
5. 金の指輪　叔母のアーニャ（ナルキザ）はそれを後々まで長いこと身に着けていました。

こうして1の子ども用カーペットがきっかけで私と祖父は知り合いになったのです。彼の復員はさらにもう一つの出来事の記念となりました。ついに私は名前をもらったのです。生後四か月間、私は名前なしに生きていたのでした。祖父が戦争から戻ってくるのを今か今かとみな待っていました。そして心の奥底で行方不明になってしまった長女ザイトゥナが現れることを願っていましたので、この二人が戻るまで私の名前をつけるのを見合わせていたのです。しかし勝利の日からすでに八か月が経ち祖父は帰還しました。祖父も了解しました。もうザイトゥナは戻るまい、と。だから彼女の名誉のために、私にその名をつけると決めたのです。そして心を握りこぶしの中に隠すようにして、自らには少しの休みも与えずに、指令官としての自分の義務の遂行に着手しました。というのもコルホーズの仕事のあり様が、彼の地、陥落したドイツから想像していたよりもずっとひどい状態になっていたからです。

村人たちにとっては、まるで戦争がまだ続いているかのような暮らしでした。男の半数は戦争から戻ってきませんでした。戦争はアシ・ヤラニの村中をまるで鉄の馬鍬で掘り起こしたようでした。それに帰還した者たちの半数近くが障害を負っていました。自著の中でタマーラ・フェダロヴナ（前述＝訳者）はそのような人々の例をあげています。「ゴループキン・セミョーンは片足。マトヴェーエフ・ティモフェイは感情激発。フョードロフ・ヴァシーリーは両下肢切断。ジャリロフ・アユプは頭部に傷。ノヴォシジョーノフ・ミハイルは義足。帰還した者たちの多くは傷痍軍人で、早死にしていった。」

ラフマトゥッラ・アリバエフ
アシ・ヤラニ村，1946 年

このような、心身を痛めた悲運の軍隊は今や祖父の指導下にあり、実際は女性に頼らざるを得ませんでした。祖父は戦争のため、女性たちとは疎遠になっていました。戦後一年して撮った写真があります。それは猫背で、まなざしは生気を失い、口は硬く、しわを寄せている祖父の写真ですが、それ自体が多くを語っています。戦勝や祝賀の気分などもう跡形も残っていません。祖父は銃後を支配していた習慣さえも忘れ去っていました。彼方の前線では死と隣り合わせの日々であったかもしれませんが、それでもそこは神聖で厳格なものだったのでしょう。でもこちらでは至るところで「二重帳簿」がまかり通り、何より上役を喜ばせたり、当局と上手にやることのできる者が正しいのでした。でも祖父はそのようなことを了解したくはありませんでした。だからある時、それはペトロフスコエ村でのことですが、党の例会で彼は地方内務人民委員部の部長候補者を拒絶しました。それは公選される何かの代表者のようなものですが、代わりに自らを推薦したのです。誰と争いになるか当然わかってはいましたが、それでも祖父を止めることはできませんでした。でも当時としてはこのようなふるまいは専ら自殺的な行為であり、誰かが祖母にこのことを告げてから彼女は数日間、恐怖の中で暮らしました。そのことは彼女の語り草になりました。でも災難を逃れることができました。それが今度、アシ・ヤラニ村では逃れなくなってしまいました。

この年、党地区委員会から派遣委員団が祖父のコルホーズを視察しにやってきました。このころ、いろいろなことが山積みしていて、至る所で彼らの御機嫌をとったり、食事でおもてなしをしたり、帰りには「自然の恵み」をかごに入れて持たせたりしていました。しかし祖父は、まるでそんなことは何も知らないというように振舞っていました。でも委員団の面々は話しの相手となっている人物がどんな人間なのか気にかけることもなく、あるべきことを当然のごとく待っていました。しびれを切らした団長は、帰りがけに不満な顔をして、もし道中用に祖父から小樽に蜂蜜をいただけるのであれば、そりゃ悪くないね、と言いました（この団長はソホーズに蜜蜂の巣箱があるのを知っていたのです）。祖父はそれに対して、またたきもせず、こう答えました。「もし私個人用の巣箱があるのなら、私個人があなたに樽一杯の蜂蜜をお届けします」と。団長は何も言わずに向きを変え、去って行きましたが、そのような無作法を許すことはありませんでした。礼儀知らずの者をやっつけるために口実が必要だったのでしょう。そのような口実づくりがまもなくしてやってきました。おそらく団長自身が祖父の働き場に審査書を送り付けたのですが、それに先がけて、どんな代償を払ってでも財政的な違反を見つけ出すように、という課題が与えられていました。しかしどんなに時間をかけようとしても、当時に限っては、一人の経理係が、主導権を押さえたり自由を奪ったりする何らかの指示命令を破らずに足を踏み入れることなどできようはずがありませんでした。たいていの場合、それは目的不明の生産手段用の支出でした。例えば牛舎建設の代わりに所長は幼稚園建造のために大工の班を振り分けました。なぜなら搾乳係には誰だって幼い子どもを預けたくはないですから。その結果、生産経営的には労働の手が減り、そしてそれを祖父のせいにする、ということになるのです。概してこのような違反が明らかにされ、それに続いて処分が降りました。すなわち党の路線から厳重戒告と職の解任です。ああ、神様、裁判所には送らないで。

そして、こんなことになってしまいました。一九四七年一月、祖父はセレウースキー営林署の巡回員になりました。この時から彼の職務上の地位は坂を転がり落ちるようになっていきました。当局にとって、もはや彼は都合のよい人物ではなくなったのです。こういうわけで彼の階段は何段か下ってしまいました。

一九四七年の六月から十月までは、同じ営林署の現役署長でした。一九四八年の二月から四月までは、マカロフスキー地区のハジェンスク水力発電所建設の全権を委任され（近隣の村々に電力を供給する任務を負った谷川「シガ川」に小型の水力発電所を建てる）、一九四八年七月から四九年一月までは、障害者縫製作業所『ザリャー』（朝やけの意＝訳者）の管理者となり、長靴（サポーギ）、ハーフコート、綿入防寒着（ヴァ

祖父と義理の兄弟アンヴァルと（中央）
ペトロフスコエ村，1950年

トニキ）などの作業着を生産していました。

こうして彼の運命は無情にも踏みにじられていきました。祖父が守るべくして戦い、全身全霊その生活すべてを捧げ、同時に彼のすべてをそうあらしめた、当のソビエト政権自体が彼をほんの少しも評価しなくなってしまったのです。加えて、自身をして党の兵士として生涯にわたって見なしていた者を、まるでサッカーボールのように投げたり、蹴ったりしたのです。実際、一つ一つの彼の新しい任務は、ほとんどいつもお決まりのコースでした。さもありなんと思うのですが、この落ち着かない生活から、祖母も自分の肩にのしかかった重苦しさに疲れ果ててしまいました。しかしそれを口にしたことはありませんでした。

事実として作業所『朝やけ《ザリャー》』は、ペトロフスコエ村にあり、この地で私共は長いこと腰を落ちつかせることになりました。というのも祖父のその次の仕事場は、マカロフスキー地区生産組合で、同じペトロフスコエ村にあり、その長として年金生活に入るまで仕事をしていたからでした。そして彼のこの最後の仕事は、私の子ども時代の思い出と結びついていて、それについては、この手記の冒頭でお話ししたとおりです。

でもその一つ一つの仕事が新しい任務であり、一つ一つの修理をくり返して住み直した家で生活していた時のことでした。私はペトロフスコエ村の最初の家を多少なりとも覚えていますが、それは寒い、湿気の多い家で、冬ともなれば窓は凍てつき、窓辺の溶けた水は、それ専用に下に置かれたびんに流れ落ちました。そんなこともあってか祖父は新しい家を自ら建てました。中は暖かくて広く、私たちみんなにとって居心地の良いものでした。それにこの家で私の幼年時代がよりよく過ごせたことも偶然ではなかったのです。

ところが一九五五年に、今回は祖父自身の意志で新しく転居することになりました。この年、六〇歳になり年金生活に入ったのです。まだ十分働くことはできましたが指導部がそうさせたのです。再びアシ・ヤラニの村に祖父は引き寄せられました。そこは自分の最も輝いていた戦前の年月と結びついていたからです。この地では祖父の優れた指導力が発揮され、一九四〇年には、農村経済博覧会にモスクワへ派遣された、記念すべき出来事のあった場所でもありました。娘たちもここで大きくなり、うち最も愛されていた長女ザイトゥナは、この地から前線に赴き帰らぬ人となりました。加えて家族みんなにとってもこの地、その時は最良の、最も晴ればれとした時期でした。でも、こうも言うことがありますよね。同じ水に二度入ってはいけない、と。この気まぐれな思い付きからは何のよいことも起きませんでした。

まず第一に家についての問題が生じました。この転居がわずかの期間であってアシ・ヤラニに滞在するのは一年足らずになるということも知らなかった祖父は、彼はそれまで住んでいた家を売ることに決めてしまいました。多分、それに見合う正当な額を得ることはなかったでしょうし、値段の交渉をすることができるような人ではなかったのです。かつては国立銀行の支店長の椅子に座っていたとはいえ、祖父個人として考えるならば、実業家なんかでは全然ありませんでした。こうして住んでいた家は二束三文で人手に渡り、手にしたお金は知らぬ間にどこかに行ってしまいました。

この時、私は一〇歳でしたが、我が家のこの引越しをよく覚えています。春のことでした。四月の末、花々が咲き乱れていました。私は山の方へはまだ行ったことがなく、こんなに美しいのかと思い、目を見張りました。路は山の斜面にまとわりつく紙のテープのようでしたし、私たちのはるか彼方には川が鳴っていました。その岸辺

私（右）と女友だち
アシ・ヤラニ　1956年冬

にはチェリョームハ（えぞのうわみずざくら・ナナカマド＝訳者）の花が覆いかぶさり、白い泡を思わせました。これらの泡を透して下からわずかな細い、煙がかろうじて見えました。それは岸辺で手製のペチカを使い石灰を焼いている煙でした。

アシ・ヤラニでは、コロニーの隣が私たちの住居になりました。祖父はそこに行き倉庫係をしていて、バラック型の家に二家族住めるようになっていました。一方をコロニーの所長が占有していました。でもすでにこのコロニーはスターリン時代の有刺鉄線とやぐらに哨兵が立っている例のコロニー（収容所）ではありませんでした。一九五五年に入って党第二〇回大会まであと九か月というころ、変化の風がアシ・ヤラニ村まで吹いて来ました。ですので私自身は非常時の実際の収容所は見ていません。囚人たちにとってはどうだったか分かりませんが、私たちはコロニーの領地内を行き来が自由にできましたし、週二回、映画を見ることができました。ある囚人が私に自転車の乗り方を教えてくれたのですが、それがとてもへんてこな方法だったのを覚えています。洗濯用のひもの端を私の手に巻き付け、もう一方の端を私の自転車につなげました。サドルの代わりに縛り付けられた枕に座りました。（両足はまだペダルに届きませんでした)。そして私を坂から走らせたのです。これで何をさせようとしたのか分からないのですが、神様に感謝しなければなりません。この「レッスン」の時、私は転んだりすることがなかったのです。

アシ・ヤラニの村は、かなり深い盆地の底部に位置し、山の斜面はうっそうとした森で包まれているといった感じでした。そこには祖母といっしょに私はマリーナの実を採りに行きました。バケツに何杯も集めて、その先何年も空腹を満たすのに役立てました。でもある時のことです。その仕事に夢中になりすぎて、私たちは低木の向こうで枝が割れる音をききました。祖母の顔色が変わったのを今でも忘れることができません。一言も口をきかず祖母は私を両手で抱き、急いで跳びのけるようにその場を離れました。祖母が私の手を離したのは、ようやく森のはずれまでたどり着いた時でしたが、そこで息づかいが落ちついてからこう説明してくれました。私たちの聞いた音の正体は熊だったのだ、と。

でもアシ・ヤラニの近くに生息していたのは熊だけじゃありません。村に秋の寒さが忍び寄って来始めると狼が現れました。夜毎に聞こえてくる遠吠えは気味悪く、ぞっとしたものでした。ペトロフスコエ村の時は、このようなことはありませんでした。そして狼たちは羊や山羊を入れておく小屋の屋根に這い上がると、すき間をつくって中に入り、何頭かの羊を噛み殺しました。幸運にもペトロフスコエ村から私たちが連れてきた山羊たちは別の場所に入っていたので被害はありませんでした。

アシ・ヤラニでは、ついに祖父の念願だった夢がかないました。自分の馬を持つことができたのです。祖父の手を介して何頭もの馬が売られていったのですが、自分自身の所有した馬は一頭もいませんでした。それでいつも祖父は馬に目が無く、まるで人間のように愛しんでいました。あるアシ・ヤラニの住人の思い出話があります。かつて、それは戦前のことですが、その人はひどい土砂降りの雨の中を歩いていて途中で祖父に出会いました。ですが、すぐには状況がよくわからなかったと言います。祖父の前方には馬がいて、それをマントでくるみ、祖父自身はすぐその後に続いて歩いていて、降りしきる大雨に頭をさらしていた、というのです。

そんなにしてまで祖父は馬たちを大事にしていたのです。でも今回、祖父の元にやって来た馬は実際、人間による世話が必要でした。なぜなら、その馬は自分で何もできなかったからです。荷馬車に付けることさえできないくらい、年を取っていたのです。祖母は、この馬のために家を売った代金の半分がなくなったと皮肉っていました。きっと祖父はその馬を憐れんだだけだと思います。毎日この馬を水飼場で撫で、馬櫛を使ってきれいにしてやり、馬のために草を刈って食べさせ、たとえそうすることによってもこの馬から何の利益も得られはしないとわかっていても、その寿命が少しでも長持ちするように世話をしたのです。

その頃アシ・ヤラニの夏は駆け足で終わりに向かい、秋がやってくると祖父は物思いにふけるようになりました。倉庫係としての仕事は性に合わず、彼は身を引いてしまいました。そしてその頃、別の分野で幸福を手に入れようと決心しました。タシケントに住んでいた遠い親せきと手紙を交わし、その女性は祖父に、こちらに来て一度暮らしぶりを見てみたらどうか、きっとそこが気に入るに違いない、と提案してきました。彼は休暇を取って出かけました。ようやくタシケントに着いた日の夕方、アライスキー市場をぶらぶらしていて、偶然、同じ村の出身者、キルギス・ミヤキ村の同郷の女性と出会いました。その彼女とは、三〇年以上も前からの知り合いでした。名前はサティラで、最初の夫は機械トラクター・ステーション*で働いていました。しかし一九三〇年代末に弾圧されてしまいました。彼女は判決を待つまでもなく、息子を両手で抱え、手当たり次第の物をバックに入れ、人目を気にしながらどこかへ逃げました。そうしてタシケントに現れたのです。タシケントと言っても中心から三〇キロメートル程のところにある小さな町ヤンギューリにいたのです。そして彼女は祖父を客として招き、そこで自分の二番目の夫であるムスタフォイに祖父を会わせました。その夫はクリミヤのタタール人で、終戦時にここヤンギューリに他の同胞たちといっしょにやってきた、と言うことです。夫婦は祖父に、ずっとここに移り住むよう説得しはじめました。そして最初の内は自分たちの住居で住んでみるといい、幸い、部屋は十分ある、というのでした。

人生は祖父を常に打ちのめしてきましたが、そのことが転地を奮起させ意欲を起こ

*MTC（エム・テ・エス＝機械・トラクター・ステーション）……一九二八年より設置が始まり、スターリン時代の農村におけるコルホーズの監視役としての意味があった。農村の党の拠点としての政治的役割があった。ここは供出穀物集荷の窓口であり、コンバイン、トラクターなどの機械類や機械操縦手が集められていた。＝訳者

させたのでしょう。それればかりか良い人々を評価し、良い人を見分けることを祖父に教えたのです。こうして外見上の実直さと無口はそのままに、ありとあらゆる善良さに対して彼は思いやりをもって敏感に応えたのでした。そしてこのサティラとその夫は、善良さは人の一〇倍、だから三人はすぐに親族的な心を感じとりました。祖父は彼らの家や、手入れの行届いたぶどう園、さくらんぼ園、りんご園を見て回りました（夫ムスタファはソホーズの農業技師でした）。ここでは見るものすべてが喜びでした。「イザベラ種のぶどうのつる枝は、地面に埋め込まれたテーブルに濃いカーテンとなって覆いかぶさり、周囲大人三人かかえのプラタナスの古木は園全体にその強力な枝を広げていて、巨大なダリアは子どもの頭ぐらいになっている、そして土の塀はつま先で立たずとも隣の家をのぞき込むこともできる……このような光景のすべてを祖父はバシキーリヤでは一度も見たことがありませんでした。私には思いあたるのです。きっと彼はこのよき土地でようやく精神的な安らぎを見つけることができ、それは祖父にとっては、不安定で、半遊牧民的な人生の中で手に入れることできなかったものだったのでしょう。そうして彼は申し出を受け入れたい、と言ったのでした。アシ・ヤラニ村に戻ると祖母に自分の決意を伝えました。

もう一回引越しがありましたが、それは急に起きたことでした。祖母は自分の全人生の中で一度たりともバシキーリヤを捨てたことはありませんでした。内戦時の動乱を考えなければですが。そして彼女は自分の意志ではなくてもそうしなければならなかったことは少なくなかったのです。でも祖母は常に祖父のことを考え立ち止まることはありませんでした。そういうわけでなぜ私たちが今回アシ・ヤラニに留まっていることがあるでしょうか。でも残念だったのは、家の山羊たちと別れなければならなかったことです。だって山羊たちを連れて行く長旅なんてできませんから。

しかし春が始まる三月を待つことに決めました。でもけっして遅くはありません。やがてベーラヤ河の氷は溶けるでしょう。遠方に行ってしまうのに、車でステルリタマクの町を素通りするわけにはいきません。そこではナルキザの家に一週間、泊まりました。これは私にとって最初の「世界への出発」でした。

三月の初旬、ソホーズから車がやって来ました。私たちは、ささやかな家財道具を全部積み込み、身にしみついた監督者としての習慣から祖父が運転席に腰かけ、私と祖母が車体によじ登ると車は動き出しました。でも私たちは二〇メートルも進むことができませんでした。というのは後方で動物の切ない鳴き声が聞こえたからでした。それは私の家で飼っていた山羊たちで、何か感じ取ったのでしょう、私たちの車を後追いしてきました。まるでそれが永遠の別れだとわかっていたようでした。すぐに飛び降りて山羊たちを抱いて別れのあいさつをしたかった。でも車は速度を速め、山羊たちは道のほこりで消されてしまいました。私と祖母は座ったまま泣き濡れました。

第三話

タシケントの田園暮らし

私たちがステルリタマクに移動したのと同じ頃、記念すべき出来事が起きていました。一九五六年になって国は沸き立っていました。二月末、つい先日、モスクワでは第二〇回党大会が終了し、引き続いて開かれた会議でフルシチョフがスターリン個人崇拝についての報告と有名な演説を行いました。秘密会議のきまりに従って、この会議は夜半に行われました。ああ、くわばらくわばら、外国の通信員や、そもそも一定の者以外は誰にも知られないように進められたのでした。誰にもというのは実際のところ、胸のポケットにレーニンの肖像付の例の赤いソビエト連邦共産党員手帳を持っていないすべてのソビエトの人々のことです。ただ、一般党員であり国の事情には通じていようとする者は、少しずつ報告の内容を知ることが許され、閉じられた範囲の党の集いでその報告を読んだのでした。

祖父も赤い手帳の取得者で、党歴三五年、当時それは大変なことでした。でもその時は、もうすでに年金生活者となって一年目の年で、何一つ党員としての仕事はしていませんでした。最後の職場から退職して二、三か月は経っていたのです。というわけで祖父は例の報告など聞いていませんでした。でも、ナルキザの夫ライスス叔父はステルリタマクの町で工作機械工場の仕事をしていて、党の人間でしたから、ある時、仕事から帰宅するとあの報告でなされたことのすべてを話しました。拘束や収容所について、裁判なしの銃殺について、党および軍に属する人員の廃止について、戦争の初めの日々における失敗について、一言でいえば、私たちの果てしない故国の広大な領土内で、スターリンの意志によって行われた恐ろしい限りのできごとについて語られたのでした。祖父は黙って床を見つめながら話を聞き、そして一言も発しないでいました。すべてそれは彼にとってショックでなくて何であったでしょうか。

でも、祖母の方は全く別のふるまいをしました。祖母は旅仕度で荷造りしたボストンバックの一つに向かって一目散に突進しました。その中には額に入った壁掛け用スターリンの肖像が二枚、何百万部も刷られた彼の伝記、何かの論文集や冊子類が入っていたのですが、それを空地に放り出し、それらをずたずたに引き裂いたり、踏みつけたりし始めたのです。祖母は叫びました。「あたしゃ、知ってたよ。知ってたさ。あれは殺し屋で、人で無しだってことよ。」それから割れたガラスの破片を両足で圧しつぶしながら、宣言しました。「戦争はお前のせいだ。これは犠牲になった者すべての代わりよ」と言って、興奮を鎮めることができないでいました。

祖母には、暴君に対する彼女なりの特別な貸借勘定がありました。弟はフィンランド戦役の際、捕虜となり戦争終了後、双方の捕虜が交換されました。戻ってもすぐに収容所期間一〇年をくらいました。それは極地近くのドゥディンガ方面でした。彼は一九五一年に帰宅できたのですが、すでに三〇歳で高等教育は受けていませんでした。彼にとっては何もかも青天の霹靂でした。親族は、すでに彼は死亡していたと考えていましたし、母親にしてみればそのおかげでわずかばかりの遺族年金を受けとっていました。他の三人の息子は大祖国戦争の前線から戻ることはなく、知らせもないまま犠牲者の数に入れられました。

でも一九五六年当時、私はまだ一〇歳過ぎでしたので政治について言えることなど何もありませんでした。祖母とそのような話ができるようになるのはずっと後のことで、私がコムソモール（青年民主同盟）に入るときになってからであり、学校教育や祖父からの教育がなければ思想的なコムソモールカ（女性団員）になることはありませんでした。当時、私が団員たちに話したことなどすべてを思い出すと今ではとても恥ずかしく思うことばかりなのですが、祖母はすぐに私の熱狂を冷ましてくれました。「それで一体、ソビエト政権はどんないいことを与えてくれたかね？」と祖母は私の雄弁なレトリックに応じました。「事実、ソビエトは全ての寄生虫やろくでなしたちをかき寄せた。革命後、すぐに湧いてきたやつらをね」。でも祖母は集団化については穏やかに話すことはできませんでした。「働きものの農民たちからすべてのものをもぎ取っていったんだ。用具類も、家畜も、土地もだよ。強力だった農業をどれだけ破壊してくれたか」。祖母は、このような話になると、これ以上踏み込むことはせず黙りこくってしまうのでした。そして時々、半ば冗談で半ば真面目にこう指摘するだけでした。「お前はソビエトの言うことなんか聞くんじゃない。あれこそ反革命なんだ。」

三月末、まだ雪がありました。私たちは座席指定の客車に乗り込んで、新しく住む地タシケントを目指しました。目的地は近くありません。ウファを経由して、そこからタシケントまで列車で三日三晩です。オレンブルクまで、まわりは誰も足を踏み入れたことがないような雪原が続き、吹きだまりから線路を守る平らで堅固な雪の壁が、土手に沿って延びていました。でもカザフスタンのステップが始まると、すべてが魔法のように一変しました。私は前から聞かされていたのです。早春のステップが、どんなに美しいか、と。そして今、自分の目でそれを確認できたのです。

この変化の瞬間を私は寝過ごしてしまったのですが、朝になって車窓から外を見たとき、まるで別の国にやってきたのかと私は思いました。私の両側は、一面のカンバスのようで見渡す限り、太陽がいっぱい降り注ぐ平原でした。日ざしはまぶしく光り、川の水が土手と土手の間で音を立てながら、春の天空の淡青色を自らの内に吸い込んでいます。それはスィル・ダリヤ河の両岸から始まって何キロメートルも平らなステップの大地を水浸しにします。もう一方の地平線まで際限なき花々のステップが広がり、チューリップとけしの花が満天の星々と化しています。それらの色の乱れは目には斑に映るのです。

列車はゆっくりと走っています。まるで手で触われるかのように。カンバスに向かって迫りくる川の水のためにスピードを上げるのが恐れ多くためらっているかのようです。そして小さな駅に停車すると頬骨の広く高い、笑い顔で綿入りハラトを着たカザフ人たちが客車の中に入ってきました。各々が勲章のようなものを耳に通したり、

祖母ハティマと祖父ラフマトゥッラ
娘たちと孫たちと（中央一筆者）前面にいるのがライリャ
ヤンギユーリ　1960 年

黄色の鮮やかなチューリップ型のチュベテイカ帽から吊るしたりしていました。

でも列車は、やがてタシケント駅のプラットホームに近づき、騒々しさ、この東の街の多声な響き、斑模様の彩り、これらすべてがどっと私に向かって押し寄せてきた感じがしました。今まで住んでいた静かなアシ・ヤラニ村でもなく、またステルリタマクの町とも全く違うように私には思え、祖母の腕をぎゅっと握り、この落ちつかない、せわしない人の群れに紛れてしまうのではないかと心配になりました。多分、私たちを出迎えてくれたのはサティラとその夫だったと思いますが、私は全く覚えていません。覚えているのは、ただ郊外を走っていくバスだけで、私たちをヤンギューリまで運んでくれたのです。私はと言えば、窓ガラスにはりつくようにして、ピラミッドのようなポプラを見ていました。それは道の両側に空高くそびえていました。それから、ぶどうのつるの陰に被われている低い土壁の家々、果てしない綿花の広野と、やっと見え始めた緑の若葉に目をやり、そして今から私はここで暮らすことになるのだ、と考えていました。(綿花の刈り入れの時期、この広野において後々どんなに力をふりしぼって働くことになろうなどとは思いもしませんでした。この地ではその時期、ありとあらゆる人々が、総動員で綿花の仕事をするのです)。とはいえ、私が、一番興奮したのは学校のことを考えた時でした。そこで私を待ち受けていたのはどんなことだったのでしょう。そして私はどんな風に迎えられたのでしょう。

しかし、私の心配は徒労に過ぎませんでした。ペトロフスコエ村やアシ・ヤラニ村で慣れっこになっていた規律や秩序といったものとの対比は、私にとってとてもセンチメンタルなものだったと言えるでしょう。すぐに私は学校に通いなれ、おろおろすることなどなく、年度の終わりまでまだ丸一か月あったのですが、(ソビエトでは六月が学年末=訳者)私は遊んで過ごす余裕があり、年が下であることからくるコンプレックスに悩むこともなく、この多民族からなるクラスがすぐに自分の居場所と思えるようになりました。それにしてもこの戦後第一世代の子どもたちの中に、いなかった人種はありませんでしたよ。クリミヤ・タタール人、朝鮮人、カザフ人、ロシア人、そしてもちろんウズベク人、一言で言うならば、しばしば困難で歪められた運命の下で育った完全にインターナショナルな世代の子どもであって、この子たちをうまくまとめることは、私たちを受け持った物静かなマリア・アレクセーエヴナ先生には難しいことでした。

そして私の最初の登校日とその日のできごとすべてはケンカから始まりました。まだ半分くらいしか来ていない教室に入り、私は深く考えず、最後の列の二人掛け学習机の席に目星をつけ、それに腰かけました。その席が空いているのかどうかなんて考えもしないで。その席の元々の住人の二人―一人は留年生でもう一人はオール2の子、ウズベキスタン人の女の子マトゥートカと、もう一人はロシア人の女の子で、二人は似た物同士ですが、この二人が教室に入ってきた時、当然、招かざる客に激怒し、私をそこから追放しようとしました。でも、そうは行きませんでした。前述した通り、当時の私は何のコンプレックスもなかったので、自分のもの・他人のものという概念はありませんでした。ケンカが始まりました。その結果、祖母が最初に学校に行く日のために買ってくれた新しいエプロンと可愛い帽子は引き裂かれ、踏みつけられてしまいました。もしもマリヤ・アレクセーエヴナ先生が、一言も声を荒げることなく、私をそこではなく別の、先生の目がよく届く席に連れて行ってくれなかったら、どうなっていたことやら。

レーニンじいさんとラフマトゥッラじいさんと孫たちライサとライリャ
ヤンギューリ　1960年

私の学校生活はこんな風に始まり、ああ何てことでしょう。同じような調子で続いたのでした。例をあげるならば、それはもう四年生になっていた時でしたが、私たちは赤い旗を取るゲームに熱中していました。こんな遊びです。二つの対等なクラスが、二手に分かれ、それぞれが学校会館にピオネールのネクタイを掛け、そのネクタイを取り合う、というゲームです。それに成功した方が、勝利者と見なされるのです。でもしばしばケンカになってしまい、負けたチームはその仕返しとして、勝者を出したクラスに石を投げるのでした。割れてしまった責任は誰かがとらなければなりません。第一にそれは親たちということになります。私も石投げに参加したので、決まってガラスをはめるのは祖父がしなければなりませんでした。思うに彼自身が名乗り出て、被らせた損害を元に戻そうとしたのだと思います。私の罪を償うために。私は祖父から小言を言われただけでした。良くないことだぞ。ピオネルカ（ピオネール女子）の名を汚したってことだぞ、と。祖父は、なぐったり罰したりすることはありませんでした。

サティラのところで私たちはどんなにか良くしてもらいましたが、自分たちの家を得なければなりません。何よりも。まず家を買うつもりで祖父母はいました。（ペトロフスコエ村の家を売ったお金がいくらかまだ残っていました）。それで何度かタシケントまで出掛け、いろいろ見てきましたが、ちょうどいい物件は見つけられませんでした。そうしているうちに、サマルカンド通りにある二階建ての賃貸用の家を無料で手に入れる希望が見えてきました。

その長い人生において祖父は一度たりとも何か自分たち用のものを求めたことはなく、そのことでいつも祖母はぶつぶつ文句を言っていました。そして祖父は一度たりとも仕事上の自分の地位を利用したことはありませんでした。でもある時、それはステルリタマクでのことでしたが、祖父が亡くなる一年前、こんなことがありました。彼の甥のヤダフト、イシンバエの国立銀行支店を支配していた人物で、バシキール人としては大物ですが、自分の勤め先の「ヴォルガ」（乗用車の名＝訳者）に乗って祖父らを迎えにやってきて、いっしょにベーラヤ河岸のドライヴに誘いました。祖父は突然、車を停止させ言いました。どこへも行くもんか、だって仕事の車を個人目的で利用するなんて党員の風上におけない、と。「じゃ、あんたに、あんたの党は何をくれたのか？」そう祖母はしょっちゅうこの件に関してため息をつくのでした。

またサティラは彼のことをこんな風に言いました。実際、祖父は古参のボルシェヴィキであったので無料で国の住居を得る権利がありましたが、祖父はそれを損な使い方をしてしまいました。その書類を持って合法的な業者を訪れ、この地に自分たちが引っ越してきたこと告げました。それで、私たちが将来の家について聞きたがると、そういう話はしたくないと手を振り、必要なものはすべて備わっていると請け合いました。バルコニー付の部屋が二つ、それにキッチンとバスルームも、水道も、と。

驚いたことに、祖父のことをよく知る祖母は、すべてを信頼して任せ、一度も新しい家を前もって見ておこうとはしませんでした。その代りではないのでしょうが、文字通り破壊的な失望が祖母を待ち受けていました。しかし引き返す道はもうすでになくなっていました。すぐに私たちは荷物共々出発することになり、着いた時には茫然自失のうちに狭い廊下を行ったり来たりして、途方に暮れながら周囲を見回し、そして祖父に無駄な質問を投げかけるしかありませんでした。で、バルコニーはどこ？　それからもう一つの部屋はどこ？　とか、どうして水道のカランから水が出ないの？　洗面台とお風呂は？　でも祖父はいたって冷静でした。バルコニーの質問には部屋は一階だったので、ジェスチャーも大げさに窓の下の地面を指し示し、こう言い切りました。「ほら、ここがお前様たちのバルコニーじゃないか」と。それから台所に寄って言いました。「で、ここがお前様たちの、もう一つの部屋じゃろが。」

こうして私たちは、この、水も排水路もないような欠陥住宅に来ることになってしまいました。そこで約一〇年暮らしたのです。私が学校を終えるまでの間、祖父母にとっては、再びステルリタマクに戻るまでの間です。水は、しばらくして実際には出るようになりましたが、とても錆びた色をしていたので水まき用にしか役立ちませんでした。私がしたことと言えば、水道のカランにホースをつなぎ、もう一方の先端を開けた窓のところに持っていくことぐらいでした。こうして祖父は残りの人生を送りました、都市生活の最低限の快適さに触れることすらなかったのですが、そのことで困ることなどきっと全然なかったと思います。なぜなら私と祖母がステルリタマクにある乳製品基地で暮らしていた当時、最初、私の母は老朽化したぼろぼろの小屋を借り、やっとのことで標準的な二部屋住宅を手に入れることになるのですが、祖父はそこに住むことが結局できなかったからです。祖父は、私たちがそこに移る数か月前に亡くなったからです。

年金生活者としての身分は、活動家で代表者的な性格の祖父にとっては、重苦しいものでなかったはずがありません。それでヤンギューリに移るとまもなく、缶詰工場の守衛長に就きました。もちろん祖父に合っている仕事ではありませんでしたが、この言わば「実験」は首尾よく行く前に終了しました。祖父に持ち前の頑固さにはいささか手は打っておいたものの、彼はたちまち見張り役に変身してしまい、自分の持ち場である守衛所で一週間で二〇件もの「かっぱらい」を捕まえました。さらにそれぞれについて上申書を書きました。しかし郷に入っては郷にしたがえ、というわけで自分のやり方を通すことはできませんし、後に明らかとなったことなのですが、祖父以外、このような件の処理をすることのできる者は誰もいなかったのでした。そして一週間後、管理部から懇願される結果となりました。祖父は依頼退職するよう求められたのです、ついては一か月分、加算し、その上さらに賞与として私たちの家に一袋分の砂糖を届けると。その時、私たちが何かとやっかいになっていたサティラは、こう言ってのけました。「ああ神様、何とありがたい思し召し。実際、みんなにやられてしまうところだったかもしれないわ。」それ以後、祖父は二度と仕事に就こうとはしませんでした。

祖母ハティマと祖父ラフマトゥッラ
ヤンギューリ　1960年代半ば

最後の一〇年間の祖父の写真をよく見てみると、いかに急速に老け込んでいったかわかります。その罪をつくる原因となったのは、不慣れな都市生活か、あるいは何か趣味とか好きなことがなかったせいなのか、それとも無駄使いをしない自分の能力を活かす場所がなかったことによるのでしょうか。

でも実のところ、この時期の生活を十分都会的だったということは困難ですし、むしろ半農村的な所と言うべきでしょう。その当時こんな小話がありました。なぜ夏がやってくるたびにダーチャ（別荘）を借りるのか。そのためのお金を払い、自分でいろいろな家具類の山を運び、田舎生活の不便さに耐え忍ぶのか。もっと簡単にすますことができるのに。家のガス、電気、水道を切り、バルコニーに出てごらんなさい。ほら、これがあなたのダーチャさ。ところで、どうでしょう。これが多くのヤンギューリの人々の暮らしじゃないのかしら。なるほど電気はすべての家に通っていましたが、実際、水道、排水路などは個人宅には誰のところにもなく、それらこそ都市建設の主要な部分となっていました。どの学校にも下水が整備されていたわけではないことがそれを物語っているでしょう。

事実、私たちが暮らしていたのは個人宅ではありませんでしたが、便利さと快適さという意味で何の違いもありませんでした。そう、概して生活は実に質素で、何の苦心も要りませんでした。私たちの部屋には、例えば戸棚さえなかったのですが、そんなものはただの余計な物と考えていたのです。その代り我が家の唯一の部屋には鉄製のベッドが二つ、さらにソファもあって、三人分の寝るスペースがありました。でも時々足りなくなることがありました。誰かお客に来た時です。すると、そんな時、祖父は夜になると自分の寝具を持って浴室に行きました。そして何ということでしょう。そのために我が家の使われずに遊んでいた浴槽が役に立ったのです。その上に板を渡して、祖父はそうやってもう一人分の寝場所を作りました。夏がやってくると、それは長く半年ぐらい続くのですが、戸外で夜を過ごすこともでき、ベッドを外に据え、何というかあずま屋のようなものをこしらえました。暑中には、祖父と私は代わり番こにそこで寝たものでした。丸々六か月は戸外が確かに事実上のバルコニーに変わりました。

そして戸外では本当に塀で囲まれていたわけではなかったので、今から考えるとどうして怖くなかったのか分かりません。それにしても祖父母は夜中に私一人だけにして、それも事実上の道路に一人残して心配じゃなかったのかしら。夏には一日中、出入り口の戸を開けっぱなしで虫よけのカーテンだけにしてどうして心配じゃなかったのかしら。ドアに鍵を掛けるのは長時間どこかに出かける時だけでした。また小一時間から二時間くらいお隣に行くときにはドアは開けたままでした。それは当然のことだったのでした。

このあけっぴろげで、率直な生活はそれなりに魅力的な面でもありました。今ではもうめったにお目にかかれないような生き方をしていたある家族がいました。互いにピロシキを手作りして招待しあい、他人の喜びを自分の喜びとし、他人の悲しみは分かち合うようにしていたのです。祖父は通路をはさんで自分と親しくしていた若いウズベク人の検事が住んでいた隣家の窓の下にポプラの苗木を子どもが生まれた順に植えました。それは今、大きくなっているかしら。もし成木になっているとしたら三本あるはず。検事さんの娘の数でいえばね。四番目は息子で、私たちがヤンギューリを出た後に生まれたのです。

でも実際には、このような率直さやあけっぴろげでいることが困惑の方向に向かうこともありました。あるとき祖母がいつものように、夕方、お隣に長居していて、もどってみるとソファに誰か眠っている男の人がいたというのです。祖母はとても驚いて当の隣人宅に助けを求めて駆け込みました。そして再び恐る恐る部屋に入って、よく見てみると、それは面識のなかった孫であったと判明しました。それはルトフッラで予告なしにステルリタマクからやってきて、誰の家か構わず、旅の疲れを取ろうとして眠り込んでしまったのでした。

でも、もっとひどいこともありました。この祖父母からまだ抜けきっていない田舎

ママ（ローザ・シャフィェヴァ）と息子たち。ルトフッラとリナート
タシケント　1960 年

者に特有の、のん気さがしばしば二人を悲劇的な状況に陥らせました。たとえば、こんなことがありました。祖父母がバシキーリヤまで旅をして、当時タシケントの「子どもの家」に預けていた私の二人の弟たちを送り届けることになっていました。どうして二人はタシケントの「子どもの家」に預けられたのか。これは特別な問題で、彼らの父親の慢性的なアルコール依存症からくる困難な家庭状況に関わる問題で、その父親はそのために専門コロニーに入らなければならなかったのです。でもその話は私

映画サークルの活動で

たちを本題からひどく遠くに連れ去ってしまうでしょうから、話を元に戻すことにしましょう。

六人で行くことになりました。私と祖父と祖母、私の弟リナートとルトフッラ、それに私たちの仲間としてサティラもいっしょに行ってくれるよう頼みました。次のように段取りしました。私と祖父がタシケントの「子どもの家」まで行く。祖母とサティラは駅に直行し、そこで列車の出発前に待ち合わせる、と決めました。でもあまり早く着きすぎたので、まだ二時間以上、余裕がありました。それでこの機会にタシケントにいる自分の遠い親せきを訪ねようと決めました。その人のおかげで祖父はこの地にいるのですから。しかしながら二時間が経って、列車が来ても、祖父は全然姿を見せません。私たちの乗車券は席がバラバラにいろいろな車両に分かれていて、祖母とサティラは一等車、他は二等車、というわけで祖父を待っていられませんでした、私たち子どもの手を取ったり、食べ物の入ったかごを持ったり、二人は荷物ともども窮地に陥ってしまいました。自分の車両に乗り込んでしまいました。ついに二人は私たちに、こう命令しました。「どこへも行くんじゃないよ。おじいさんを待つのよ。今に来るからね。そしたら一件落着よ」と。でも列車は機関車に牽かれて行きましたが、もう大人は誰一人、現れませんでした。そして祖母とサティラは行ってしまいました。プラットホームにいたのは取り残された私たちだけでした。

今から見ればこの世間知らずの人たちの出来事を説明するのは簡単です。祖母は（自分の連れ合いである祖父のことをまだよくわかっていないようで）、最後の最後にはやはり祖父は間に合うだろう、そして私たち子どもを自分の乗るべき車両に連れていき、そこで私たちの乗車券を渡すだろう、と当てにしていたのです。祖父はどうしていたかといえば、自分の親せきの家に長座してしまい、飲み、食い、ソファに寄りかかって休むも、すぐにまどろんでしまったのでした。目が覚めたときには、すでに手遅れだったのでした。大急ぎで祖父は駅に向かって走り始めましたが、そこにいたのは私たち子どもだけでしたが、代わりに食べ物すべてが満杯に詰められていたかごもありました。いずれにせよ祖父は乗車券を替えてもらい、私たちは次の列車で出発することができました。

ところで、私のおばあちゃんたちは、どうしていたのでしょう。二人は一駅か二駅過ぎて、ようやく気づいたのです。列車の中を歩いて私たちがいるはずの所に来て、いないことに気づき、大変なことになったと理解したのでした。ひどく口汚く祖父をののしりはしたものの、何がおきたのか知るすべもなく、これからの対処も、どうすることもできませんでした。二人はタシケントに電報を打つこともしませんし、車掌に相談することもせず、ただ三日間の旅を座って過ごし、涙を流して泣くばかりでした。そのときの二人には食べ物がない状態でしたし、食堂車は二人の財布には相応しくありませんでした。その代り私たちの方は道中、祖母の作ったピロシキや鶏肉饅をごちそうになり、祖父は寛大に見てくれたので、列車中、隅から隅まで激しく走り回りました。

祖父は私の学校生活に大いに関心を寄せるのが常でした。自身は学校教育を修了してはいなかったので、いつもその自分の弱みを感じていました。だから自分の孫娘には教養を身につけ、政治をよくわかる人間に育つように望んでいたのです。その「最高のプログラム」として必ず新聞を読むようにしてくれました。祖父は新聞を読むとき手に鉛筆を持っていて、私たちにもそのような沈思黙考的読み方を要求しました。で、私の家に同級生がやってきたときのこと、祖父は一も二もなく、すぐに圧力をかけました。祖母が自分で作ったピロシキで彼らを喜ばせたとするならば、祖父はフルシチョフの次のような、お決まりのことばとともに彼らに新聞を近づけさせようし、弁明を求めるのでした。何を理解したのか、そして党のいろいろな革新性についてどう見たか、についてです。祖父自身はフルシチョフの「無次元的な」ことばをラジオで聞いていたのでした。そして一度ならず、朝、学校に行くとき、私は拡声器のそばに祖父を残し、学校から戻ったら元の位置に戻したものでした。

そのころから祖母は激怒のあまり、我が家に残されていたスターリンの著書全てを一掃し、彼の本は一冊もありませんでした。祖父もそれは当然として受け入れていました。しかし、それ以外の「創設者たち」について、このようなことはできませんでした。マルクスとレーニンの何かの出版物は家の置き棚にありましたし、祖父は折りにふれてそれらを見、時には置き抜きを作ったりしてもいました。私が大学で学ぶようになった頃のことです。私の同級生たちがマルクス主義の要点を書き写すために我が家にやってきた時、祖父の怒りがすごかったのを覚えています。他人のものから真実を一体どうやって得るのか、と。祖父にとってそれらは神聖なものでしたので、若者が学習指導要領には定められていないのにレーニンの何かの著作から自分勝手に読んで、要約を作成したとしても大学から退学にはならないことが祖父には信じられなかったのでした。このことに関連して講師の先生にぶしつけな質問さえしていたのです。「原典を学ぶのは三人以上のグループでなければならないとされているのをあなたは御存知ないのですか?」とこの慎重派の老教師は叫び、他の論拠はないまま、大学当局にかけ込んで訴えました。どうか私たちのグループの学生にご加護がありますように。

我が家の書棚に並んでいたのはマルクス主義の古典だけではありませんでした。そこにはロシア文学の古典やソビエトの作家たちの本もあり、それらの多くは祖父自身が買ったものでした。そして概して私の読書を見守っていて何を読んでいるのか、いつも自分の視野からはずしませんでした。きっと自分と同じように教育が十分でない

私の第９クラス。２列目右から３人目が私
ヤンギューリ　1962年

ままの女に育ってしまうことを望まなかったのでしょう。それで何かの本をめくってみて、自分にとっておもしろいものを見つけると、すぐに読書にふけり、そんなとき選んだのは戦争――歴史文学でした。（このようなジャンルに「戦争と平和」が入るかどうかはわかりませんが、祖父がそれを全巻ではなかったにせよ、読んでいたのを覚えています）。

私たちが、ヤンギューリに移った時から、祖父と祖母は私の学年保護者会の常連になりました。そのことに特別の必要性はなかったはずですが……私は良い点でしたし、社会的任務もまじめこなしていましたし、バスケットボール部に入っていましたし、綿花の刈り入れに我が身を顧みませんでしたから（もっとも後になって、健康状態保持のために自分を大切にすることは悪くないことだとわかったのではありますが）……しかし、かわいい自分の孫に向けられていた賞讃を一つも聴き逃すものか、ということだったのかもしれません。

時には、古参のボルシェヴィキとして、三回の戦争への参加者として、祖父は私たちのピオネール集会に呼ばれることもありました。祖父にとっては現実を話しているのですが、ああ、残念。彼の話のすべては一般的な決まり文句に限られていて、祖父の多くの同時代人たちが世界革命を夢見て生きた時代、つまり一九二〇年代のプロパガンダのレトリックに帰するものばかりでした。今日に合わせて自分自身のことばで何か言おうとしても彼にはそれができず、まるで意識のどこかの部分が、代表者としての自分の過去の氷中に永遠に閉じ込められているようでした。その代わり私たちの学年が金属拾い運動に入るなり（全校生徒でしました）、祖父は元気一杯で、子どもたちを助け、その時はことばではなく行動で示す人でした。

そしてすべては二つの鋳鉄製のフライパンから始まりました。私は祖母には内緒で、拾った金属を入れるクラスの箱に入れてしまいました。なくなっていることに気がついた祖母は当然のこと騒ぎだし、何事かと祖父が台所にやってきた時、祖母は祖父に対しても自分の怒りの山を一気にぶちまけるのでした。祖父は平和的に言いました。「よさないか、アビカイ（タタール語で「ばあさん」の意）。この娘は悪いことをしたんじゃないよ。助けることをしたかったんだ」。その後、祖父は部屋から出ていき、一時間後にとても満足げに戻ってきました。後に明らかになったのですが、祖父はどこかで2プードもある金属の鋳塊を見つけ、軽四輪の荷車を借り、ロバに引かせて、それを私たちの学校の庭まで運んできたのです。どうして荷車まで出してやる必要があったのか分かりませんが、私たちのクラスはこの年の金属拾い運動で優勝しました。

「社会的有用運動」について話が及ぶとなると、私は毎年の「綿花の負担」について言わないわけにはいきません。これに関しては、祖父と祖母は私に対してそれぞれ違った接し方をしました。祖父がその仕事を、国家的な利益に資する仕事、善の仕事（それらは彼にとっては同義語でした）として見たとすれば、祖母の方は、それをごく普通に、自分の生活上の冷静さを以って受け止め、何の情熱もありませんでした。特に祖母は、私たち生徒が課業に出なくなってしまうことが気に入らなかったのです。そう、実際、綿花の二か月間、私達の学校教育は大きな穴を開けることになってしまいます。言うことをきかないわけにはいかなかったのです。天文学とか製図といったような簡単に犠牲にされやすい科目はことごとく台無しになってしまうのでした。私は学校を出ましたが、星空のことを知りませんでしたし、星の物理的な性質についてはまったくあいまいな知識しか持っていないのです。しかし数学や文学を犠牲にすることはもちろんできません。すると学校の授業期間は延長されるのです。高学年では六科目の授業が事実上、なくなりましたが、学年暦は一か月長くなりました（教育年度は、五月終了ではなく六月になりました。）

私には今でも綿花との苦闘が夢に出てきます。どこまでも平らで、地平線の彼方にまで続く広野には、背の高い、腰の高さまである、何列もの綿花が熟し、それぞれの摘みとり手は二例ずつ担当します。そして私は腰にエプロンを結びつけ、それに両手でもぎとった綿花の丸い腰塊をとりはずして入れていきます。でも列について間の悪い時もあります。たった今コンバインが箱一杯にした代わりに、もぎ取られた後のものばかり置き去りにしていくのです。そうなると綿花のノルマを遂行することは困難です。すると広野のまだ向こう側の方は綿花がまだ手着かずのままで引き抜かれていないよ、と言われるのです。それで私は一杯になったエプロンを半分だけ下から持ち上げるようにして、あっちに向かって走ります。追い越されてしまわないように気を配りながら。かなり遠くまで、丸々一キロメートルぐらい走りました。息が上がるほど走っても、もう綿花は全部刈り取られてしまっているのでした。

そしてこんな「生産現場」の夢を見るのですが、それは五〇年前の現実と一致しているのです。そのとき私たちは本当によい綿花を求めて、どうしたらより楽にノルマ

スターリン記念コルホーズの綿花畑にて
（右側が筆者）ヤンギューリ

を達成できるか奮闘したのです。上級生にとってノルマは六〇キログラムにもなりました。でも何がそんなに私たちを駆り立てたのか、今となってはもうよくわかりません。いずれにせよ、お金ではないことは事実です。だって報酬は一キログラムたったの二カペイカなのですから。つまり一日労働日にやっと一ルーブルちょっと。それは学校の朝食分ぐらいでしたから。でもそれは本当に全然軟らかくないパンでした。三〇度の暑さの中で陽に焼かれての七時間です。その仕事に加え、綿花集めの受付場の検量係がいるところまでさらに道は遠いのです。そこに行き着くまで一キロメートル以上はまた足を使わなければなりませんでしたし、八キロずつパンパンになったエプロンを二つ引きずりながら行くのです。他人の力を借りなければ、私達女子は持ち上げることができませんでした。

そういうわけで祖母がずっと心配していたのは、簡単に言えば私たちの健康でしたし、それを私たちはこのような広野に置いてきてしまいました。とりわけ綿花が軽くなることを求めて、私達は気が違ったように「練習機」のごとく走り、育った綿花畑の上を除草剤を撒きながら飛んでいくのでした。この作戦はコンバインによる綿花収穫のために行われました。緑の葉っぱはすぐに巻き、落ちてしまいますし、花の実がむき出しになるのです。でも私たちには、そこならではの楽しみがあります。というのは、このようにして綿花集めの仕事をすることは、ある喜びでもあるからです。そして大人は誰も、その中には先生たちも含んでいるのですが、私たちには誰にも教えてくれません。（というか、先生たち自身はよく知らないのかもしれませんが）、その「喜び」は私たちにとっては危ないことだったからです。反対に彼らは私たちに本格的なクラス内の競争を奨励しました。つまり誰が一番多く綿花を集めたか、と。でも一体、それにどんな価値があるのでしょう。そんなことは意味のないことです。ソビエトのどこの共和国でもこんなことがあったのです。

私たちが誇らしげになったことも覚えています。それはタシケント州の生徒たちの中で「ホワイトメタル」（綿花のこと＝訳者）の収穫で最も高い成績をあげたことに対して赤い横断幕が授与された時のことです。この旗は、あの広野にて私たちに手渡されたのですが、それは私たちが泊っていた土壁の家で大切に保管されました。それは毎晩、落ち込んだり、気を良くしたりする習慣を作りました。つまり、常に、からかったり、困らせたりする物としての役割を果たしたのでした。

総じて私たちが綿花畑に行ったのは、特別な求めに応じざるを得なくてだったとは言い切れません。そうじゃなくて、それに参加することが幾分かは胸をときめかせるものがあったということです。でも、まあ、それ以外にも二か月間、何の授業もなく、親たちの監視から完全に自由となり、毎晩、若者たちがワイワイできること、すべてこれらが青年期集団の心をときめかさざるを得ないわけで、それは否が応でも身に付けていく手続きのようなもので、むしろ祝日のようなものでしょう。そして今、私はロシアから私に贈りものとして与えられた一片の綿花の、ふんわりと乾いた綿を見ると、自身よくわからなくなってしまうのです。どうして失われた私の時間について惜しい、とは思わないのか。あるいは、どうしてこの時のことを思い出すと軽い胸の高なりを伴うのか、と。

第四話

出戻りのステルリタマク、失った家

一九六四年、私は学校を卒業し、そしてその意味でもしそう言うことができるのだとしたら、私のタシケント田園暮らしも終わりを告げました。私は医科大学への入学を切望していましたが、タシケントではそれは私には閉ざされていました。受け入れられるのはその地の若者、つまり民族としてのウズベク人で、それも僻地出身者に限られていました。そこで私はウファ（ウラル西部の都市、バシキール自治共和国の首都＝訳者）で運を試してみようと決意しました。私にとってこの一歩を踏むことにためらいはあったにしても、結局は、あらゆる病気を克服し、もう沢山と思いはじめた年齢の祖父母を二人だけに残したままにしてしまいました。もし彼ら自身がそうすることに固執しなかったならば、たぶん私はあえてそうはしなかったでしょう。

ああ、何てことでしょう。入学試験の物理学で私はしくじってしまいました。多分、私の出身学校でも成績が5と4がいっぱいあったとしても、それに価値はなかったのでしょう。このことをヤンギューリにいる祖父母に伝える気持ちには長いことなれませんでした。その当時、私たちの総理大臣、叔母のアーニャ・ナルキザは私の手を握り、ステルリタマク医科学校に連れて行きました。そこはすでに願書は〆切られていたのですが、私のために特例措置をしてくれたのです。しかもヤンギューリに戻る代りに、ステルリタマクで来年度の大学入試に向けて準備をしたらどう、とすすめてくれました。私は雌羊のようにへりくだって試験を受け、一五点満点の一四点を取りました。叔母は私ができるだけ良い点を取ってほしいと思っていたのは疑いのないことですが、なるようにしかなりませんでした。こうしてそれ以後の三年間の私は決まりました（そして事実上、その三年間は私の自伝からは拭い去られます。医科助手としての私の学位記は人生のうちでほとんど役に立ちませんでした。）

そうとなってからは私がヤンギューリに戻れるのは休暇の時期だけでした。私がいない間、祖父がどんなに弱っているだろうと思うと心が痛むのでした。前から祖父は高血圧だったのですが、二〇〇を越えるようになりました。この病気を本格的に治療することは、この当時できませんでした。それに私は医療従事者だったので、それがどんなに危険をはらんでいるのか、理解していないわけはなかったのです。

一九六六年、困り果てた祖母が仕事中の娘アーニャ・ナルキザ（著者の叔母）に電

卒業写真（医科学校），1967 年 3 月

話してきました。父ちゃんが脳卒中になったみたいだ。右手が効かない。ことばのロレツが回らない、と。その時私は冬の試験期間でしたので、ヤンギューリにはナルキザが行ってくれることになりました。常々祖母が電話で彼女に言ってくることといえば、たいしたことではなかったので、ナルキザは本気で応じなくなっていました。行ってみるものの祖父はいつもと変わりはなかったのです。とはいえ、今回は重い気持ちでナルキザはヤンギューリに向かいました。今度ばかりは彼女も祖父のことが気にかかりました。何だか祖父は元気がなく、鈍く、寝てばかりでした。事は自ずと決まっていきました。何よりもまず両親（私にとっては祖父母）を説得することでした。二人きりでヤンギューリに残しておくのはリスクが多いこと、そして迷わずナルキザと共にステルリタマクに行くことが一番いい、ということを説得しました。二人は受け入れました。

家をどうするかという問題が起きました。当時はすべての住宅は国営でしたので、それを二人が売ったり譲ったりすることはできませんでした。それをステルリタマクに変更しようと試みましたが、手続きに時間が要りました。そして差し当り今まで住んでいたヤンギューリの家に誰かが移住してもらうことが無難だろうということに落ち着きました。そこで登場してきたのはジーリャ・某でした。さあ、ここで少しばかり脱線して彼女についてお話ししておきましょう。なぜって、彼女ジーリャは祖父母の運命において決定的な限りない役割を果たしたからです。

彼女ナルキザにとってジーリャは、夫の妹ではありますが、夫とは血縁の姉妹ではなく、戦時に「子どもの家」から養子として引き取られた女性でした。すなわち本来的には他人です。ですが彼女は「子どもの家」育ちで、それも戦時中です。そのことだけでも、いろいろ言わずとも十分でしょう。彼女が育った環境は、生き延びるために歯と足で生活にしがみつき、目に入ったものは何でもひったくるような人生でした。そこに置かれていないものまでも。それは彼女の中にまだ残っていました。

最初、彼女がヤンギューリに現れたのは私たちがそこに引っ越して間もなくの頃で、義母たちと仲たがいをして何の予告もなしに私たちのところに突然ころがりこんできたのです。当時は私たちもサティラのところに身を寄せていましたが、ジーリャ用に

叔母アーニャ・ナルキザと私（左）

乏しいスペースの中から場所をつくってあげなければならず、私たちはさらにぎゅうぎゅう詰めにならざるを得ませんでした。丸一か月、祖父は彼女の世話に骨を折りました。ついに彼は家具工場でジーリャの仕事をあっせんし、寮の部屋を選ばせ、こうしてしばらくの間、彼女は私たちの視界から消えました。しかしある時、私たちは知らされたのです。ジーリャが今、産院にいて、私たちがそこから彼女を連れ出してくれるのを待っている、と。こうして再び私たちは密にならざるを得ず、母と赤子に場所をあげなくてはならなかったのです。何か月も私はジーリャに自分のベッドを空け渡し、自分は床にわら布団で寝て、彼女と生まれたばかりの子どもはその間ずっと、とても暖かな配慮と世話をまわりから受け取っていました。実際、間もなく彼女は子どもをその子の父親にあずけました。その人のことにページを割きませんが、ジーリャ自身は再び寮に引っ越し、以後、私たちに姿を見せることはありませんでした。

そして今後はナルキザが自身でジーリャを探し出し、他人にやるよりも自分の身内に家をやる方がいいと考えてしまいました。そのころまでにジーリャは二度、結婚と離婚を繰り返し、その結婚によって彼女はさらに子どもが二人増えました。でも思うに二人とも同じ父親の子どもでしょう。でも、これはすべて私の叔母アーニャ・ナルキザを思い留めることはありませんでした（でも、今私が知っているとは叔母も知らないでしょう）。神は罰したいと思し召される時、分別を取り上げるという話ですね。

でも、いずれにしてもそこに残されていた品物や家の鍵はジーリャに握られてしまいましたし、ナルキザは両親（私からすれば祖父母）と一緒にステルリタマクに行ってしまいました。自分たちが持ち出したものと言えば、時計とミシンだけで、祖母から譲り受けたものなのですが、彼らにとっては多分、次に来る時まで置いておくこともできたでしょうに。でもよく言うでしょう。家庭の宝物は手放さないほうがいい、とね。

当時、私はステルリタマクで母の以前のおんぼろ屋に一人で住んでいました。母と私の妹たちは母が働いていた牛乳生産工場から住宅を手に入れたばかりで他人が入る場所はありませんでした。そこの生活もけっして甘くはありませんでした。家はいわゆる旧市街と新市街の間の生産地帯にあり、地域の牛乳製造工場から製品を運んでくる重い積載車輌がぬかるみをこねるのが絶えず窓から見えていました。一番近いバス停までの悪路（徒歩で二〇分）では、長靴でしか歩けませんし、乗用車さえ通行できないこともあります。それにもちろん、水回りも大変、戸外での「快適」さが救い、その上ペチカでの暖房という具合でした。私には二五年間ですから、言ってみればどうってこともないことでしたが、祖父母にしてみれば二人の晩年の日々、また最初のころからはじめるような生活が待っていたのです。

まず住宅を見つけなければなりませんでした。そして見つかったのです。ちょっとした奇跡なのですが、今住んでいる二部屋住宅を私たちに譲って自分たちはヤンギュリに引っ越したい、という人たちが現れたのです。その人たちに今のヤンギューリの家を見てもらわない手はありませんよね。説明した限りでは、彼らの希望に合っていました。その人たちはジーリャに、前もって家を見てみたいと手紙を書いたのですが、ジーリャは敷居をまたがせず、その家の前の住人はもう出て行って、今の持主は自分だ、と言い切ったのです。

現在なら、それは抜き打ち的のっとりとでも呼ぶべきでしょう。しかし私たちは慣れっこでした。つまり、こんなことに加わっているのはオーバーオールを着てマスクをした目つきの悪い兄さんたちなのだ、と。でも、それをしていたのはきゃしゃな体つきで、顔立ちの美しい、そして恥知らずな笑みを作っている女なのです。住居に残してきた品物を引き取ることさえも彼女は許しませんでした。どうやって彼女はすべてこんなことを首尾よく手回したのでしょう。誰が甘い蜜を吸ったのでしょう。これらのことはみな、ナルキザとは無関係に行われたことです。はっきりしているのは一つだけ、裁判が必要だということです。そしてそうなると、シングルマザーを裁判にかけることになります。また二人の年寄りにあっちへこっちへと二〇〇〇キロあまりの間を奔走する力があるでしょうか。そして原告である彼ら以外、出席できる者がいったいいるでしょうか。結局、泣き寝入りするしかなかったのです。

街の最もみすぼらしい地区の一画にあった、壊れかけたおんぼろ小屋と取り壊し寸前の家、祖父の没後、実際そうなったのですが、そんな所が彼にとっての最後の寄る辺となったのでした。

私が記憶している限り、各々の戦勝記念日に向けて、我国の指導者たちは各々の退役軍人たちに個別に快適な住宅を提供すると約束してきました。ペレストロイカまではそうでしたし、それ以降もそうでした。そしてその戦争のたとえ一人の退役軍人が生きている間、この約束は、おそらくその現実性を失うことはありません。たとえ祖父は九〇歳までも生きていても、よりよい生活が待ち受けてはいないでしょう。おそらくロシア政権にはまったく理解できていないのかもしれません。もし口先だけではないとするならば、この率直な人間的な幸せを求める感情を。

でも退役軍人たちは援助だけを求めているのではありません。誇りある彼らが必要としているのは保護でもあるのです。戦場で彼らは途方に暮れたりすることなく、また臆病だったわけでもありません。危うい運命の上に自らの生命があった時ですら、そうでした。でも人間的な仮面をつけた現代的な略奪者によって時として彼らは無防備にされてしまうのです。そして誰がまず先に彼らを守らなければならないか、もし政府でないとするならば？　でも私たちの国家は、周知のようにそれは人々のためでなく、それはエリートのためのものになっているのです。

祖父は一九六九年のまさに前夜に亡くなり、七四歳になる一日前まで生き延びました。彼は一月二日に埋葬されましたが、軍事委員部からも、市当局からも最後の一礼を捧げるために、もしかしたら詫びるためにも、誰もやってきませんでした。おそらく、それでもやはり来てくれる人々もいました。でも実のところ、軍の敬礼のために兵士を派遣するなんてことがありえたのでしょうか。そしてジーリャの前の夫で、彼女の子どもの父トゥルグンは彼女の陰謀について何かしら知っていたのでしょう、その彼だけが、祖父の葬儀の翌日、私たちの所に立ち寄り、全部で三つの短いことばを口にしました。「私を、許して、お父さん。」

訳者あとがき

人は誰も自分だけの人生ストーリーを持っていて、それは自分以外の多くの人々にとっても価値があります。でも……真実を伝えることは難しいことです。ことばにして言ったり、書いたりすると、真実とは別物の何かになってしまうからです。ですから歴史物語や回想録は注意深く読むべきでしょう。私たちはできるだけ正しく物事が伝わるようにしていかなければなりません。脚色がなく、真実に近いと思われるもの、それは子どもの時に見た光景、得た印象かもしれません。

本書は戦後ソビエト時代に地方の村で子ども時代を過ごした少女ザイトゥナ・アレットクーロヴァのお話です。ロシア名は、「ゾーヤ」です。彼女は自分の孫たち（現フィンランド在住）に自分の子ども時代のことを伝えたくて書いた、と訳者に話してくれました。本書を読めばわかるように、民族という視点からすれば彼女はロシア人ではありませんが、ロシア語を第一言語とする人です。現在はモスクワを離れ、夫であるイーゴリ・レイフ氏とともにフランクフルト郊外に暮らしています。レイフ氏は作家であり『天才心理学者ヴィゴツキーの思想と運命（二〇一一・モスクワ、邦訳は二〇一五・京都）』等の著作があります。この著作の日本語訳を通して訳者は御夫妻と親しくさせていただいています。このような御縁から本書を知り、日本語版を出版することになりました。日本語版の出版に際して御夫妻からたくさんの助言をいただいたことは言うまでもありません。いただいた序文と合わせて感謝申し上げます。

終戦のころ生まれたタタール人の女の子は、どのような人生を歩み、社会はどのように彼女の目に映ったのでしょうか。訳者からすれば、孫に語りたいたくさんのことの中に、人間や自然を愛すること、誠実さと教育の関係、誇りや生きがい、社会と一日を生きていこうとする人間の関係、理想と現実の差……いくつもの知性と心情が織り重ねられています。でも彼女の子ども時代は決して平坦ではありませんでした。

ノルマを達成するために学業よりも労働を求められた生徒であったことも、そのことを自分の輝いていた青春と思う著者の姿、誇りをもって志願兵となり負傷兵となって生還した「戦争障害者」の姿など、本書に含められた数々のエピソードは現代の社会と無関係と言えません。

支配・指導しようとする人々と、その日をせいいっぱい生きようとする人々の格差や分断を社会主義社会でさえ克服できていなかったこと、また政治体制とは別に、素朴で大らかな人間教育が大事であること、が文面から伝わってきます。民族や人種の違いを越えて人間が考えていかなければならないことはまだとても多いのではないでしょうか。父母には育ててもらえなかった一人の少女の子ども時代の話から訳者は大変多くのことを考えさせられました。

なお原著の表題、さらにページを代えて添えられている題辞は、ソビエト時代の映画脚本家・詩人であったゲンナージー・シパリコフ（一九三七—七四）の詩『不幸せなのか、それとも幸せなのか……』の第三節と第四節から引用されています（日本語版では省略）。一九四五年生まれの原著者の青春時代、つまり一九六〇年代、シパリコフは有望視された若手の映画人であり、当時の映画界に新しい映画言語を持ち込み、刷新しました。多才なタレントで詩も書き、作品の多くは歌曲となって好まれました。残念ながら、依存症のため不安定となり、三七歳で自ら人生を閉じました。現代、ロシア語圏に暮らす比較的高齢の人びとには共有されているこのような背景を踏まえて、日本語版の表題を検討しました。

今回の出版に際し、明石書店の大江道雅社長からは力強い後押しと貴重な助言をいただきました。御決断に深謝いたします。また訳書の編集をしていただいた秋耕社の小林一郎氏には大変お世話になりました。いつもながら的確な方向づけと丁寧な御指摘をいただくことができました。記して謝意を表します。

データの整理、校正作業には、山梨大学の学生・専攻科生である田中香帆さん、浅倉茉奈さんの助力を得ました。なお原著にはありませんが、主な登場人物、地図を冒頭に、必要最小限の訳者注を文中に挿入させていただきました。

訳者　広瀬信雄

二〇二一年六月

著者
ザイトゥナ・アレットクーロヴァについて
(Zaituna Aletkulova)

1945年、イシムバイに生まれる。幼少期をバシキーリヤのマカロフスキー地方にあるペトロフスコエ村で過ごす。古参のボルシェヴィキで、3つの戦争すなわち第一次世界大戦、内戦、大祖国戦争（第二次世界大戦）の参戦者であった祖父の家庭で養育される。

中等医学専門学校を終え、地区総合診療所の看護師として働いた後、合成ゴム工場（ステルリタマク市）の実験室助手となり、同時にウファ石油工科大学の夜間部で学ぶ。

1972年、モスクワに移り、そこで石油工学の学位を受ける（グープキン記念石油工科大学）、その後、専門にかかわる仕事を続ける。ペレストロイカの後の時期には、ロシア兵士の母親委員会の活動に参加する。

1998年、夫と息子とともにドイツに移住する。フランクフルト（アム・マイン）在住。

訳者について

広瀬信雄　2019年より山梨大学名誉教授
主な著作：『きこえない人ときこえる人』（訳書、1997、新読書社）。『グリンカ――その作品と生涯』（1998、新読書社）。『バラライカ物語』（訳書、2001、新読書社）。『新版ロシア民族音楽物語』（訳書、2000、新読書社）。『プロコフィエフ――その作品と生涯』（訳書、2007、新読書社）。『天才心理学者ヴィゴツキーの思想と運命』（訳書、2015、ミネルヴァ書房）。『子どもに向かって「お前が悪い」と言わないで』（訳書、2016、文芸社）。『ヴィゴツキー評伝』（2018、明石書店）。『ヴィゴツキー理論でのばす障害のある子どものソーシャルスキル』（訳書、2020、明石書店）他。

タタール人少女の手記
もう戻るまいと決めた旅なのに
――私の戦後ソビエト時代の真実

2021年7月20日　初版第1刷発行

著　者　ザイトゥナ・アレットクーロヴァ
訳　者　広　瀬　信　雄
発行者　大　江　道　雅
発行所　株式会社 明　石　書　店
〒101-0021 東京都千代田区外神田 6-9-5
電　話　03 (5818) 1171
FAX　03 (5818) 1174
振　替　00100-7-24505
https://www.akashi.co.jp/

組　版　有限会社秋耕社
装　丁　明石書店デザイン室
印刷・製本　モリモト印刷株式会社

(定価はカバーに表示してあります)　ISBN 978-4-7503-5237-4